Elisabeth Minuth

Behindert?

Nicht für die Liebe!

Elisabeth Minuth

Behindert?

Nicht für die Liebe!

Das Leben mit unserem behinderten Kind

Bibliografische Information der Deutschen Nationalbibliothek
Die Deutsche Nationalbibliothek verzeichnet diese Publikation in der Deutschen Nationalbibliografie; detaillierte bibliografische Daten sind im Internet über dnb.dnb.de abrufbar

Umschlaggestaltung: Magdi Schadt
Lektorat: Barbara Wollschläger
Satz und Design: Gert Minuth
Herstellung und Verlag: Books on Demand GmbH, Norderstedt
ISBN: 978-3-839181-45-4

Für Jérôme

Inhalt

Vorwort

Man hat mich oft gefragt, wie ich mit der Aufgabe, ein schwerstbehindertes Kind zu haben, zurechtkomme. Einige bewundern mich dafür.

Zuerst einmal: ich bin keine Mutter Teresa, auch kein Martin Luther King, weder Beispiel der Aufopferung als Sinnfindung, noch Verfechterin der Rechte von Behinderten. Ich schätze die Existenz als solche und bewundere Menschen, die auch unspektakulär ihr Leben einfach führen. Es kommt darauf an, aus welcher Perspektive man es sieht, ob man es zulässt, dass dieses Leben viele Nuancen hat und ob man mit den Augen der Liebe sieht, wie der Kleine Prinz von Saint-Exupéry.

Vor der Geburt unseres Sohnes Jérôme hatte ich klare Vorstellungen, wie meine Zukunft gestaltet sein könnte. Diese musste ich mit der Zeit aufgeben und mich dem Wandel, den diese kleine Revolution mit sich brachte, hingeben. Ich folgte meinem Herzen und der Liebe, die eine Mutter für ihr Kind empfindet. Mein Motto heute lautet „Liebe unterwegs“ und damit meine ich nicht nur die schönen Momente, sondern auch die Sorgen und die Ängste. Denn es gibt nur eine Liebe - die bedingungslose Liebe.

Das Leben mit einem behinderten Kind ist ein Abenteuer, es gibt kein Ziel, nur eine Gegenwart, die sich von alleine gestaltet. Sicherlich sucht man nach Therapien und Möglichkeiten, die förderlich sind. Doch oft müssen wir feststellen, dass der Erfolg nicht in unserer Hand liegt. Wir sind als Eltern gefordert, nur Zuschauer zu bleiben und mit der Welle zu schwimmen wie der Surfer mit seinem Brett.

Jérôme und seine „Gefährten“ helfen anderen Menschen, ihre eigenen Probleme zu erkennen und zu bewältigen. So war das auch bei uns der Fall. Und dies ohne lehrende Worte, sondern nur durch seine Präsenz. Eine Norm? Es gibt keine. Es gibt nur ein Anderssein, das gelebt werden will.

I - Der Start ins Leben

Die Geburt

Liebe heißt einen anderen Menschen so sehen zu können,
wie Gott ihn gemeint hat
Dostojewski

Es war ein schöner Sommertag, an dem Jérôme geboren wurde. Sonnig und warm draußen und gleichwohl dunkel und kalt in der Klinik, wo er unter dramatischen Umständen das Licht der Welt erblickte. An diesem 12. August 1982 herrschte höchste Ungewissheit für uns beide, Mutter und Kind. Ich lag seit dem Morgen unter der Obhut der Monitore, die ihren Job machten und war voller Angst und Sorge um mein Kind. Nur warten und warten.

Gehen wir aber in der Zeit etwas zurück, um diese Lage zu verstehen. Drei Jahre vorher hatte ich zwei Wochen vor dem Geburtstermin unseren ersten Sohn verloren, eine Totgeburt. Eine Plazentainsuffisienz war die Ursache. Der neue Arzt, der mich jetzt in dieser Schwangerschaft begleitete, hatte uns versichert, dass dies nicht wieder passieren würde, dass ich diesmal gut überwacht sein würde, usw. Etwa sieben Wochen vor der Geburt, bei einer Regeluntersuchung (bis dahin verlief alles sehr gut) teilte mir der Chefarzt der Klinik mit, dass ich mich darauf vorbereiten sollte: „Es könnte wie beim ersten Mal ausgehen“ und schickte mich nach Hause, nachdem er noch ein paar Untersuchungen vorgenommen hatte. Es war die längste, die schwierigste Nacht in meinem Leben. Ich schlief nicht, ich betete und wartete auf ein Zeichen von unserem lang ersehnten Kind. Ich flehte es an, am Leben zu bleiben! Morgens läutete in der Frühe das Telefon. Die Klinik war am Apparat. Ich sollte sofort kommen. Einige Labor-Ergebnisse seien nicht gut und so fuhren wir in die Klinik, mit einer Heidenangst im Bauch. Dort angekommen wurde ich sofort an die Monitore diverser Geräte angeschlossen und der Arzt fing an, mir Spritzen zu geben, um die Lungen des Kindes vorzubereiten, für die Geburt „reif" zu machen.

Ich bat mehrmals das Kind per Kaiserschnitt zu holen, fühlte es wie schon seit längerem nicht mehr, doch ich bekam jedes Mal die gleiche Antwort: die Lungen! Erst gegen Abend standen Professor und Oberarzt am Fuß meines Bettes und waren sich nicht einig, ob jetzt die Geburt durch einen Kaiserschnitt gemacht werden solle. Der Oberarzt machte uns einen kompetenten Eindruck, auch von der menschlichen Seite und drängte seinen Chef zur Entscheidung, den Eingriff jetzt durchzuführen. Manchmal wünscht man sich als Patient in den Händen eines Professors zu sein, aber ich wünschte an diesem Tag, ich wäre die Patientin dieses Oberarztes gewesen. Durch die Sauerstoffmaske war ich ausgeliefert, konnte nur versuchen, ruhig zu bleiben. So sprach ich innerlich mit unserem noch ungeborenen Kind. Schließlich wurde entschieden, den Eingriff durchzuführen. Um 21.00h kam Jérôme per Kaiserschnitt zur Welt und etwas später erwachte ich aus der Narkose, benommen aber sehr erleichtert, dass unser Baby da war. „Alles wird gut". Das war der erste Gedanke und er machte mich etwas euphorisch, wie bei jeder Mutter, die glücklich ihr Kind bekommen hat. Ein europäisches Kind mit deutschem, französischem und spanischem Blut. Ich war geboren in Frankreich, mit spanischer Abstammung mütterlicherseits, lebte seit fünf Jahren in Deutschland und versprach mir, dass unsere Kinder mindestens zweisprachig erzogen werden sollten. Jetzt aber stand das Schicksal an erster Stelle und man würde später sehen, ob dieses Vorhaben zustande kommen könnte. Mein Mann war da und erzählte mir, dass er unser Kind flüchtig gesehen hätte, da es in einem Brutkasten in die Kinderklinik verlegt worden war. Hier ist seine Erzählung, wie er die Geburt erlebte.

Im Wartebereich vor dem OP saß ich nun. Mit mir waren dort noch zwei Sanitäter, die sich leise unterhielten. Später erfuhr ich, dass es die Fahrer des Krankenwagens waren, die meinen Sohn in das Kinderkrankenhaus bringen sollten. Ich saß also da und wartete. Da es Sommer war, waren die Fenster geöffnet. Ich hörte die Glocke eines nahe gelegenen Kirchturms die Zeit verkünden. Ein komisches Gefühl hatte mich beschlichen und das Schlagen der Turmuhr verstärkte es noch. Es war keine Aufregung, wie wohl bei allen werdenden Vätern. Es war Angst! Angst um meine Frau und mein Kind, Angst wegen der Ungewissheit.

Nach langem Warten, vielleicht nur eine Stunde, doch für mich eine Ewigkeit, öffnete sich eine Tür und der Professor erschien. Er gab mir kurz die Hand und sagte, es sei ein Junge. Kein persönliches Wort, nichts! Dann eilet er mit wehendem Kittel weg und verschwand in einem Gang. Ein seltsamer Eindruck blieb bei mir zurück. Er wirkte auf mich wie ein Mann, der eine Niederlage erlitten hatte. Was hatte das zu bedeuten? Kurz darauf wurde ich von einer Krankenschwester gerufen, die sagte, dass ich unser Baby kurz sehen könne. Ich folgte ihr durch einige Gänge zum

Eingang des OP-Bereiches. Mit einem mobilen Brutkasten, in dem ein Baby lag und durch eine Maske künstlich beatmet wurde, kamen die Sanitäter und eine Kinderärztin durch die Tür und fuhren eilig zum Aufzug. Im Vorbeigehen sagte mir die Ärztin, dass alles gut sei und Jérôme in das Olga-Kinderkrankenhaus gebracht würde. Ich könne in ca. einer Stunde dorthin kommen, denn er müsse erst versorgt werden.

Schon verschwanden sie im Aufzug und ich stand alleine da. Meine Gefühle tobten. Mein Sohn war geboren! War er gesund, wie ging es ihm? Ich konnte das Gefühl nicht loswerden, dass es für ihn sehr knapp gewesen war. Noch voller Angst über die vergangenen Stunden des Tages, voller Freude über einen Sohn, der lebte, hatte ich den Wunsch, meine Frau zu sehen. Ich musste warten, bis auch Elisabeth versorgt war und aus dem OP kam. Im Aufwachzimmer konnte ich ihr die frohe Botschaft verkünden und eine Krankenschwester bestätigte, dass alles gut gegangen war.

Nach kurzer Zeit bei Elisabeth sagte ich, dass ich nun in die Kinderklinik fahren würde und dann nach Hause, denn plötzlich war ich sehr müde. Auch Elisabeth war matt von der OP und brauchte Ruhe.

Unterwegs im Auto drehte ich das Radio laut, ließ durch die offenen Fenster die warme Nachtluft herein und fuhr laut singend, den Tränen nahe, zu meinem Sohn. Ich wollte ihm jetzt schon die Welt zeigen, alle Eindrücke des Abends aufnehmen und ihm vermitteln. Das Leben ist schön!

Im Kinderkrankenhaus angekommen, fragte ich mich durch, um den Weg zu meinem Sohn zu finden. Man hatte ihn auf die

Intensivstation gebracht. Ich klingelte an der Tür. Hier durfte nicht jeder hinein. Eine freundliche Krankenschwester erklärte mir, was zu tun war. Erst die Hände waschen, bis zum Ellenbogen. Dann mit einer Flüssigkeit aus einem Spender desinfizieren, dann einen grünen Kittel anziehen. Auch die Schuhe bekamen einen Überzug. Ich kam mir vor, wie im OP. Diese Prozedur sollte für Wochen zum täglichen Ritual werden. Schon beim Betreten des Vorraumes, fiel mir das Konzert aus Pips Tönen auf, das von den vielen Überwachungsgeräten für Herzschlag, Atmung usw. kam. Nun durfte ich in den Saal. Mein erster Eindruck war der, als wäre ich in einem futuristischen Labor. Blasses Licht aus Leuchtstoffröhren, der Raum voller Brutkästen mit den dazugehörigen Geräten, die das Konzert veranstalteten - ein befremdender Anblick. Ich wurde zu einem Brutkasten geführt. Das Schild verkündete, dass hier Jérôme Minuth zu finden war. Im Kasten lag ein winzig kleines Wesen, mit leicht gespannter glänzender Haut, dunkelrot. Man erklärte mir die einzelnen Versorgungsschläuche, die für Atmung, Infusion und Ausscheidung da waren. Das Baby hatte überall im Körper Flüssigkeitsansammlungen, Ödeme. Die Nieren arbeiteten nicht. Man würde versuchen diese mit Medikamenten anzuregen. Nur langsam gewöhnte ich mich daran, dass dies mein Sohn war. Ich durfte Fotos machen (ohne Blitz!!), um sie Elisabeth zu zeigen.

Bei diesem ersten Besuch konnte ich nichts tun, außer da zu sein. So verabschiedete ich mich tief beeindruckt und innerlich aufgewühlt, um nach Hause zu gehen. Es war nicht weit, nur ein paar Straßenzüge weiter. In den folgenden Tagen besuchte ich nun täglich nach der Arbeit erst Jérôme und dann Elisabeth im Krankenhaus und spielte den Postboten.

Nach vier Tagen durfte ich mein Baby zum ersten Mal durch die Glasscheibe des Brutkastens sehen, nicht in die Arme nehmen, doch es durch die beiden Öffnungen des Brutkastens streicheln. Unser Baby hatte als erstes die Hände meines Mannes gespürt, da er kurz nach der Geburt sofort in die Klinik geeilt war. Obwohl ich schon von Jérôme ein Foto besaß, kam er mir bei diesem ersten Mal so winzig vor. Nicht größer als meine Hand, so zerbrechlich und verletzbar mit der medizinischen Apparatur und doch so süß!

Das Personal war sehr nett, erklärte uns alles, was wir wissen wollten und so fing eine Phase an, die uns zu Eltern machte, uns aber gleichzeitig eine hohe Verantwortung auf die Schulter legte. Das Baby kämpfte um sein Leben, es wurde künstlich beatmet und es war noch ungewiss, ob es überleben würde. Tag für Tag, wie ein Ritual, gingen wir in die Frühchen-Abteilung. Wir wuschen uns die Hände, sterilisierten sie und trugen blau-grüne Kittel. Als Hintergrund-Musik piepsten die vielen Geräte, die die Kinder überwachten. Piep, piep, piep.., auch zu Hause hatten wir sie noch weiter im Ohr. Das Kunstlicht strahlte blass und weiß. Der erste Blick galt immer dem Brutkasten, in dem Jérôme lag. Ist er noch da? Unser Puls raste, das Herz rutschte etwas tiefer, die Knie zitterten. Einmal hatte man ihn näher ans Fenster gestellt. Als wir kamen, war sein alter Platz leer. Wir waren am Rand einer Panik, doch die Krankenschwester lächelte uns von weitem zu. Sie kam zu uns und erklärte, dass es Jérôme besser ginge und er nun einen anderen Platz bekommen habe. Er war aus der Krisenzone heraus! Unser Kreislauf erholte sich und wir manövrierten uns zwischen den Brutkästen Richtung Jérôme. Später warfen wir auch auf die anderen Bewohnern dieser „außerirdischen" Abteilung einen Blick. Wenn diese kleinen „Menschen" nicht da gewesen wären, hätte sich der Eindruck ergeben, in einem Science-Fiction-Labor zu sein. Die Fremdsprache dieser Technik lernten wir schnell und so wurde diese Einheit des Krankenhauses für einige Wochen unser zweites Zuhause. Nach einigen Tagen bekam Jérôme per Sonde meine Milch, die ich vorher abgepumpt hatte. Alles war steril und unwirklich. Ich hatte trotzdem große Hoffnung, kämpfte, doch haderte glücklicherweise nicht mit dem Schicksal. Wir mussten aus dieser Situation das Beste machen, wir freuten uns auf dieses Kind, auch wenn die Trennung das Schwierigste war, was es zu ertragen galt.

Glücklicherweise wohnten wir nur zehn Minuten zu Fuß von der Klinik entfernt, so dass ich praktisch den ganzen Tag dort verbringen konnte. Nach einer gewissen Zeit konnte ich besser mit den Umständen umgehen. Die Nieren des Kindes arbeiteten jetzt besser. Nachdem er vorher volle Ödeme gewesen war, konnte er nun von allein Urin geben. Ah, welch eine Freude! Jede Körperfunktion, die besser klappte, wurde bejubelt. Ich durfte ihn selber wickeln, umdrehen und manche Handgriffe machen, die sonst die Kinderkrankenschwestern vornahmen. Danach saß ich oft einfach da, sang leise, sehr leise, schaute ihn an und spürte ihn und er spürte mich.

Und so vergingen die Tage und die Wochen mit einer etwas anderen Kinderpflege, als wir es uns vorgestellt und erträumt hatten. Eine der Ärztinnen schrieb einmal in einem Protokoll, dass ich als Mutter unnahbar war. Ja, es stimmte. Ich wollte so oft wie möglich „allein“ mit ihm sein und nicht vor seinem Brutkasten mit ihr über irgendwelche Vermutungen reden. Ich wusste, dass ich es momentan nicht ertragen konnte, wenn man mir eine negative Prognose gegeben hätte. Hätte es in diesem Moment etwas verändert? Er hatte einen Sauerstoffmangel gehabt, die Funktionen des Körpers waren erst einmal durcheinander. Eine definitive Diagnose hatten wir aber noch nicht. Ich vertraute den Ärzten so weit, dass sie medizinisch das Nötigste und das Möglichste taten. Es war ihr Gebiet. Meines war ein anderes und zwar, meinem Instinkt zu folgen. Jede Sekunde zählte, wenn ich allein mit Jérôme war, wenn ich ihm Mut gab, wenn ich versuchte, ihm trotz der technischen Umgebung Vertrauen zu spenden. Das gab uns Ruhe. Aus heutiger Sicht habe ich mich selbst und Jérôme gut geschützt. Die Kraft der Worte ist nicht zu unterschätzen und es ist nachträglich sehr schwierig, diese in eine bessere Bahn zu bringen. Zu Hause flossen natürlich viele, viele Tränen. Doch langsam ließ der Druck etwas nach.

Das Krankenhaus

Wenn die Liebe dir winkt, folge ihr,
sind ihre Wege auch schwer und steil
Khalil Gibran

Die Telefongespräche, die ich mit der Familie in Frankreich führte, waren sehr schwer für mich. Ich merkte, dass ich mehr die ganze Familie beruhigte, als dass ich meine Sorgen erzählen konnte. Sie waren zu weit weg, um das Geschehen Schritt für Schritt zu verfolgen. Ich spendete Trost, obwohl mir nicht danach war. Ich beruhigte sie alle, es wird gut, aber es war nicht immer einfach, zumal mein Mann die Nachrichten telefonisch nicht in Französisch perfekt überbringen konnte. Ich musste immer selber ans Telefon!

Jeder versuchte uns auf seine Weise, zu helfen. So war es bei einer meiner Schwägerinnen, die um ein Bild von Jérôme bat. Sie würde einen Heiler kennen, der sich das Kind anschauen könne. Zu dieser Zeit war der Zustand von Jérôme nicht rosig. Die Leberwerte waren nicht gut. So schickten wir sofort per Express das gewünschte Foto. Was hatten wir zu verlieren? Immer dieser Instinkt, der mich antrieb, dies oder jenes zu tun. Die Antwort vom Heiler war sehr klar: „Ich muss kommen, wenn das Kind leben soll". Im Krankenhaus wollte man eine Leberpunktion durchführen, was natürlich nicht ungefährlich bei einem Frühchen von knapp zwei Kilo ist! Es war höchste Alarmstufe!

Die Familie in Frankreich organisierte die Reise für Herrn C.

und buchte die nächstmögliche Maschine von Genf nach Stuttgart. Mein Mann sollte ihn am Flughafen abholen und ihn in die Klinik bringen. Jérôme war inzwischen auf eine andere Abteilung verlegt worden. Mit weiteren drei Babys im Zimmer lag er jetzt nicht mehr im Brutkasten, sondern im Wärmebettchen. Der zuständige Arzt wollte in den Urlaub fahren und danach hatten wir uns vorzubereiten, die Papiere für den Eingriff zu unterschreiben, natürlich, falls etwas schief gehen sollte! In dieser Zeit überlegten wir uns, wie wir diesen Herrn C. ins Krankenhaus schmuggeln konnten. Vergessen wir nicht, dass es sich um eine sterile Abteilung handelte, mit ausschließlichem Zutritt für die Eltern. Es war ein Sonntag und unter dem Vorwand, dass es Jérôme nicht so gut ging, wollten wir ihn taufen lassen. Wir wollten den Heiler als Pfarrer ausgeben. Dieser „gedachte“ Pfarrer könne kurz vorbeikommen. Der Wochenend-Betrieb war ruhiger, mit wenig Personal und so bekamen wir die Genehmigung, diesen Pfarrer kommen zu lassen. Die Eltern der anderen Kinder waren nicht da. Uff!!!

Der Rest lief wie geschmiert. Mein Mann holte ihn wie vereinbart vom Flughafen ab. Ich stellte mir einen großen Mann mit schwarzem Cape vor, vielleicht so wie bei Harry Potter. Bis zu diesem Zeitpunkt hatte ich keine Ahnung wie ein Heiler aussah, auch wenn das Thema mich interessierte. Die Tür ging auf und ein ganz normaler Mensch trat ein, wusch sich sofort die Hände, sterilisierte sie und zog einen Kittel an. Er kam sehr freundlich zu uns, begrüßte uns, sah Jérôme in seinem Bettchen an und verlangte einen Stuhl, damit er ihn bequem auf dem Schoss tragen konnte. Wir sollten ihn abschirmen. Ich hatte noch immer keine Ahnung, was er machen wollte. Er hob das Baby zärtlich auf seinen Schoss und fing an, seine Hände über dessen Körper gleiten zu lassen, dabei machte er im Leberbereich Halt. Ich glaubte, ein Wunder geschieht. Jérôme, der zu dieser Zeit oft schrie und schwer zu beruhigen war, lächelte wie ein Engel, entspannte sich und genoss sichtlich die Prozedur. Ich stand da wie hypnotisiert. Was hatte dieser fremde Mensch an sich, dass mein Kind seine Hände besser akzeptierten konnte als die seiner Mutter? Zwischen Freude und Eifersucht hatte ich Fragen über Fragen. Nun, es war sicherlich nicht der Moment, sie alle zu beantworten. Wir waren einfach glücklich und hatten ihn sehr geschickt abgeschirmt. Es sah so aus, als würde er ihn taufen und Herr C. schien zufrieden zu sein. Nach einem kurzen Moment legte er Jérôme wieder in sein Bettchen. Dann konnten wir im Flur endlich sprechen. Herr C. teilte uns mit, dass die Leber sehr vergiftet sei. Er hatte das Möglichste getan und würde sehr gerne noch einmal nachmittags kommen, um Jérôme noch eine Sitzung zu geben. Ich würde in den nächsten Tagen sehen, dass der Stuhlgang grün würde, doch ich sollte mir keine Sorge machen. Normal, die Entgiftung, dachte ich! Und so gingen wir zu Dritt nach Hause, ich kochte für uns alle und wir zeigten ihm ein Stück von Stuttgart, bevor wir wieder ins Krankenhaus gingen. Das Personal hatte Schichtwechsel gehabt, so dass wir uns nicht in Erklärungen verwickeln mussten. Alles war normal. Wie von den Engeln vorbereitet, waren immer noch keine Angehörigen der anderen Frühchen anwesend. Wieder behandelte er Jérôme, wieder dieses Lächeln, dieses Wohlbefinden. Unglaublich! Die Zeit seines Rückfluges nahte. Das Ganze hatte ein paar Stunden gedauert, schien ein Traum zu sein und ich verabschiedete mich von diesem überaus freundlichen Mann. Er nahm ein Jäckchen von Jérôme mit und versprach mir, mit ihm zu arbeiten, was immer das für mich bedeuten sollte. Bis auf die Reisekosten wollte er kein

Entgelt! Auch bei späteren Besuchen hat er Jérôme immer kostenlos behandelt.

Da ich jeden Tag ins Krankenhaus ging und Jérôme selber wickelte, konnte ich die Windeln begutachten und tatsächlich war der Stuhlgang giftgrün! Wenn die Krankenschwester fragte, ob alles in Ordnung sei, bekam sie natürlich die Antwort, dass alles im grünen Bereich war, im wahrsten Sinne des Wortes. Sie wusste nur nicht, warum ich dabei lächelte! Und so landeten alle grünen Windeln im Mülleimer. Nur einmal war sie schneller als ich und fragte, warum der Stuhlgang grün sei. Meine Antwort, da ich ihn stillte, ich hätte Spinat gegessen, schien ihr zu genügen. Allmählich wurde der Inhalt der Windeln normal, die gelben Augen von Jérôme hellten sich auf. Dann kam der Arzt vom Urlaub zurück und wollte die Punktion vornehmen. Ich bat ihn, die Blutuntersuchung noch einmal zu wiederholen, bevor dies geschehen sollte. Freundlich willigte er ein und murmelte etwas, als ob er mir eine Freude machen wollte. Ich war nervös, stillte Jérôme und wartete. Gott sei Dank war das Ergebnis nach ein paar Stunden da und ein völlig verblüffter Arzt erschien, der mir mitteilte, dass die Werte fast gut waren. Die Punktion war nicht mehr notwendig. Dies sagte er in einem Ton, als sei es die natürlichste Sache der Welt! Zum Glück saß ich, sonst wäre ich sicherlich vor Freude zusammengeklappt.

Von da an ging es dem Baby vom Tag zu Tag besser. Nun war ich mit etwas anderem beschäftigt als sonst. Was war passiert? Manchmal, wenn ich ihn auf dem Schoss hatte, drehte er die Augen wie in einer Ekstase, lächelte und fühlte sich sichtlich wohl. Ich dachte oft an diesen Heiler und durfte ihn so oft wie ich wollte anrufen. Ich tat dies, um ihn erst einmal nach der Uhrzeit zu fragen, wann er mit Jérôme „arbeitete". Es waren exakt die Zeiten, in denen Jérôme diese Zustände hatte, die ich mir nicht erklären konnte! Dies war der Anfang einer Suche nach Aufklärungen. Im Unsichtbaren ereigneten sich Dinge, die wir in unserer Pseudo-Realität nicht immer wahrnehmen konnten. Ich war hellbegeistert!

Der Heiler war kaufmännischer Angestellter, als er merkte, dass seine Hände Heilenergie haben. A propos, viele von uns haben sie auch, spüren oder benutzen sie aber nicht. So fing er im Kreis seiner Familie an, Behandlungen durchzuführen und als wir ihn kennen lernten, war er eine feste Institution in einem Pariser Krankenhaus. Er gab dort Patienten mit starken Verbrennungen Erleichterung von ihren Schmerzen. Wir besuchten ihn später mehrmals in Frankreich und Jérôme freute sich jedes Mal, ihn zu sehen. Spürte er, dass er sein Retter war?

Endlich konnte unser Kind, inzwischen fünf Pfund schwer, nach Hause kommen. Alles war längst dort vorbereitet. Ein Kinderzimmer, klein aber fein, in Pastelltönen gestrichen, an unser Schlafzimmer angrenzend. Es war ein Abenteuer. Ich wusste so weit alles, war aber sehr aufgeregt. Keine Krankenschwester mehr in der Nähe, die mir zur Seite stehen würde. Es glich einer Amputation aber die Freude überwog! Denn, dass er nach Hause konnte, war ein sicheres Zeichen, dass alles soweit in Ordnung war, dachte ich. Ich war beruhigt.

Die erste Zeit wussten wir nicht, ob es Tag oder Nacht war! Man kann nicht im Geringsten von einem Rhythmus sprechen. Alles war durcheinander: Schlafen, Essen, Schreien, Erbrechen und wieder Schreien, Erbrechen, Schlafen. Von Tag zu Tag wurde es schlimmer. Ich spürte, ich war nicht mehr die gelassene Mutter und entgleiste. Mit Herrn C. hatten wir natürlich weiterhin Kontakt. Nun, ich traute mich nicht, ihn zweimal am Tag anzurufen! Und der Blitz trat mich diesmal. Warum nicht anrufen, diesmal aber für mich und nicht für Jérôme. Diese Idee gab mir Kraft und ich rief ihn tatsächlich an. Und von weitem gab er mir eine Sitzung. Ich hatte den Eindruck, dass er hinter mir stand und meine Schulter massierte. Sie wurde sogar sehr warm und fühlten sich leichter an, so als hätte ich einen schweren Rucksack abgelegt. Ich fühlte mich danach sehr wohl.

An einem Tag, an dem Jérôme wieder bis in die späten Stunden nur schrie, zögerte ich nicht, ihn zu stören. Er teilte sofort mit, dass wir mit unserem Sohn ins Krankenhaus müssten. Er hätte einen Leistenbruch (vom vielen Schreien!). Wir taten dies am nächsten Morgen und er hatte Recht. Jérôme wurde operiert. Es tat uns leid, dass er nach nur ein paar Tagen zu Hause nochmals die Atmosphäre des Krankenhauses über sich ergehen lassen musste.

Doch dies gab mir die Zeit, mich von den letzten schweren Tagen zu erholen und ich schlief und schlief. Es tat gut und mit neuer Kraft holten wir unseren Sohn erneut in sein Heim.

Die ersten Monate

Vertrauen ist eine Oase des Herzens,
die die Karawane des Denkens nie erreicht
Khalil Gibran

Nach der ersten kurzen Zeit zu Hause und dem zweiten Aufenthalt im Krankenhaus, fing dann das neue Leben zu Dritt an. Wir waren glücklich. Dennoch fühlte sich einiges noch unbehaglich an. Den Rhythmus bestimmte Jérôme mit den unzähligen Fütterpausen. Zum Teil stillte ich ihn, zum Teil bekam er eine Sondermilch, die er gegenüber der herkömmlichen Baby-Milchnahrung besser vertrug. Wenn er schlief, sah er wie ein Engel aus und niemand hätte geahnt, dass sein Stimmorgan so laut sein konnte, wenn er erwachte. Ich trug ihn in einem Tragetuch um die Taille, später auf dem Rücken. Die einzige Beruhigung war ein Schnuller der besonderen Art und zwar ein Flaschensauger vom Krankenhaus. Da Jérôme so winzig war, gab man ihm nur den roten Flaschenschnuller, den man unten zugeklebt hatte, damit keine Luft hereinkam. Dieser rote Schnulli war oft die einzige Möglichkeit, Jérôme zu beruhigen. Wenn wir unterwegs waren, hatte sein Vater stets drei oder vier Stück als Reserve in allen möglichen Taschen verstaut, stets griffbereit! Panik trat auf, als unser Vorrat einmal zu Ende ging. Gert musste daher einmal sehr spät abends, fast in der Nacht in die Klinik gehen, um Nachschub zu holen. Dort versorgte man ihn mit etwa zehn bis fünfzehn Stück. Lustig und originell war das und glich wirklich einer echten

Beruhigungsspritze. Keine Fahrt, kein Spaziergang waren ohne diese „Erste Hilfe“ möglich.

Dann kam die erste Regeluntersuchung im Krankenhaus durch die Ärztin, die ihn betreut hatte. Ich war sehr nervös. Stolz erzählte ich, was er trank, wie viel er trank, und so weiter. Doch sie war mehr mit den Messungen und Kontrollen beschäftigt. Besonders der Kopfumfang! Jérôme entsprach natürlich nicht der Normkurve. Dann wurde sie direkt. Wir müssten damit rechnen, dass wir ein behindertes Kind haben würden. Punkt! Es war jetzt kein Verdacht mehr für sie, sondern eine Tatsache. Diese Diagnose fiel wie ein Fallbeil auf uns nieder: Tetraparese mit linksbetonter Tretraplegie und autistische Verhaltensweisen. Niedergeschlagen fuhren wir nach Hause.

Seine Seele trug viele Traumen und es tat weh, ihn schreien zu sehen und zu hören: Schmerz, Schmerz, Schmerz... Wir hatten immer noch Kontakt mit unserem lieben Herrn C. Fast, er hätte bei uns wohnen müssen! Zwischenzeitlich hörten wir über meine Schwägerin von einer Heilerin, die als Zahnärztin in einer Stadt am Montblanc wohnte. Sie arbeitete u.a. auch mit Sophrologie, einer Heilmethode, die für körperliche und psychische Entspannung eingesetzt wird. Meine Schwägerin unterstützte ihre Schwangerschaften mit dieser Methode, die bei der Geburt Wunder wirkte. Neugierig organisierten wir eine Reise nach Frankreich und vertrauten darauf, dass diese Frau uns helfen konnte. Nach dem Wunder mit Herrn C. gab es keinen Zweifel mehr, dass eine Heilung dieses Mal auf der seelischen Ebene stattfinden würde. Wie immer vor einem Termin mit Jérôme, waren wir unsicher, aber hier ging es nicht um eine ärztliche Diagnose, sondern um etwas anderes. Marie-Jo, so hieß sie, war eine Frau, die wusste was sie wollte, bestimmt und herzlich zugleich. Sie hatte indianische Gesichtszüge und trug lange Haare, die zu einem Zopf geflochten waren. Ich empfand sofort Sympathie für sie. Sie ließ uns in ihren Praxisraum eintreten, in dem sie die Sitzungen gab und wir erzählten kurz von Jérôme. Als erstes bat sie uns, meinen Mann und mich, den Kiefer locker zu lassen. Gut, als Zahnärztin kann man das verstehen, später haben wir aber doch gemerkt, wie dieses Verbissensein Einfluss auf den ganzen Körper hat. Aber jetzt waren wir beim Erzählen und was schon mit Worten mitgeteilt ist, sieht nicht mehr so bedrohlich aus. Sie nahm Jérôme auf den Arm und bat mich in seiner Nähe zu bleiben. Mein Mann saß auf einem Stuhl etwas abseits. Sie ging auf den Boden und ich kniete den beiden gegenüber. Da alles neu war, schaute ich einfach nur zu, ohne mich in Worte zu verlieren. Es gab nichts zu besprechen, einfach nur dasitzen! Ruhe umgab uns alle - wir hätten eine Fliege hören können. Als Jérôme anfing zu schreien, blieb sie die Ruhe selbst. Sie tastete ein paar Punkte an seinem Körper und redete sehr leise mit ihm. Die Tränen liefen über ihr Gesicht und ich versuchte, meine eigenen zu verdrängen. Aber nicht lang, ich konnte sie nicht mehr zurückhalten und innerhalb kurzer Zeit, weinten wir alle vier, hemmungslos! Es geschah einfach… ohne Rücksicht auf irgendetwas. Das dauerte eine ganze Weile, die uns wie eine Ewigkeit erschien. Marie-Jo ließ auch nicht nach, mit Jérôme zu reden, solange er weinte. Sein Schreien hatte sich schließlich in ein erbärmliches Weinen gewandelt, doch langsam hörte es auf. Er sah erschöpft aus. Dann erst hob sie ihren Kopf und sagte: Jérôme möchte, dass wir heute eine Seite definitiv umblättern und die Vergangenheit hinter uns lassen und beharrte auf dem Wort „definitiv“. Ehrlich gesagt, verstand ich nicht alles, aber seltsamerweise, tief in meiner Seele, war nur Bejahung zu spüren.

Wir hatten unsere erste Begegnung mit einer Schamanin. Sie war unsere erste Meisterin und bleibt für immer in unseren Herzen lebendig, auch wenn sie heute nicht mehr unter uns weilt. Ich hatte nun das Vertrauen, dass alles besser würde. Zuversichtlich gingen wir nach Hause zurück mit der Gewissheit, dass wir demnächst Antwort finden würden, auch wenn vieles zwischen Himmel und Erde für uns unerklärlich war.

Jérôme fühlte sich in den nächsten Tagen erschöpft, schlief aber viel besser, so dass auch wir mindestens fünf Stunden am Stück schlafen konnten. Die Zeit danach war voller Automatismen, wie man es mit Babys gewohnt ist. Wenn ich ihn auf dem Arm hatte und er schlief, schaute ich ihn einfach an, dieses wunderschöne Juwel. Er sah sehr süß aus mit seiner Porzellan-Haut und seinem Buddha-Kopf. Wirklich zum Verlieben. In dieser Zeit verschlang ich viele Bücher über Esoterik und Spiritualität. Alles was diesbezüglich kam, las ich mit Begeisterung und Staunen. Während Jérôme schlief, legte ich mich am Nachmittag hin und manchmal wachte ich so ausgeruht auf, als hätte ich eine ganze Nacht hinter mir. So groß war die Erschöpfung. Mit der Zeit war ich so gut organisiert, dass ich aus diesem Rhythmus das Beste machen konnte. Für meinen Mann war es anders. Er war oft für seine Arbeit unterwegs und hatte leider keine durchschlafene Nacht, geschweige denn eine Siesta, so dass alles an seiner Substanz zehrte. Er war nervös, doch wollte er nicht seine Unzufriedenheit zeigen. Er freute sich über unser Kind aber er sah auch, wie mich alles auslaugte und machte sich oftmals Sorgen. Jérôme spürte diese Spannung zwischen uns und zeigte es uns dann mit Erbrechen. Ich war oft mit Marie-Jo in Kontakt und nahm ihre Ratschläge sehr zu Herzen. „Wenn du dich nicht änderst, erwarte nicht, dass Jérôme sich ändert. Er ist nur ein Spiegel für dich“. Das traf mich sehr, wo ich doch meinte, alles richtig zu machen. Ich bin doch kein Übermensch, so dachte ich. Aber wenn ich überlegte, hatte ich mehr als einmal Lust, mich zu übergeben, so groß war die Spannung, alles in Griff zu haben. Ich traute mich aber nicht und war voll bis oben mit meinen Missstimmungen. Jérôme spürte dies und reagierte darauf in einer eindeutigen Sprache: dem Erbrechen. Als ich mich selbst ab und zu auf diesem Wege erleichtern konnte, hörte er plötzlich damit auf. Nun konnte ich die ehrliche Sprache von Marie-Jo vertrauensvoll annehmen. Ich spürte, sie will mir nicht wehtun, sie will mir helfen. Nachdem ich meine Meinung und Verhaltensmuster überprüfte und manchmal beiseite ließ, war immer alles einfacher. Seltsam dachte ich damals, wie Recht sie hatte! Heute kann ich nur darüber lächeln und bin dankbar für diesen Schnellkurs.

Eines Tages läutete das Telefon und eine Dame, die ich nicht gleich verstand, wollte eine gute Nachricht bringen. Ich dachte, ich hätte etwas gewonnen oder so. Doch, die Dame war vom Jugendamt und es handelte sich um einen Antrag, den mein Mann und ich schon vor einiger Zeit gestellt hatten, nämlich ein Kind zu adoptieren. Nach einem Moment des Überlegens erinnerte ich mich wieder daran. Wir wollten damals ein Kind adoptieren und hatten nach Prüfungen und Gesprächen das Ja dafür bekommen. Ich hatte die letzten Papiere unterschrieben zurück geschickt, dann blieb damals nur das Warten. Ein paar Wochen später war ich mit Jérôme schwanger und durch die Umwälzung, die seine Geburt brachte, hatte ich den Ablauf nicht mehr in präziser Erinnerung, nämlich warten, bis ein Kind zur Adoption freigegeben war. Nun war Jérôme schon sechs Monate alt, als die nette Mitarbeiterin des Jugendamtes mir mitteilte, dass wir ein Mischlingskind adoptieren könnten. Ich jubelte, endlich, nachdem ich alles am richtigen Platz hatte, erkundigte mich über den kleinen Jungen. Er wäre sechs Monate alt, usw.... Am Ende ihrer Mitteilung sagte ich, dass wir auch ein Kind bekommen hatten und ich würde mich dennoch freuen, einen „Zwillingsbruder" für unseren Sohn zu bekommen. Ich erzählte jetzt kurz von ihm. Prompt war ihre Stimme anders und sie gab sofort zu, dass, wenn wir schon ein Kind hätten, es nicht möglich wäre, ein anderes zur Adoption zu bekommen. Ich bat dennoch um ein Gespräch und wir vereinbarten einen Termin zu Hause. In der Zwischenzeit hatte ich mit meinem Mann eine Diskussion und wir meinten beide, dass wir es als Chance sehen könnten, diesen kleinen Bub großzuziehen. Die Mitarbeiterin kam und inspizierte wieder unsere Umgebung, sah unseren Sohn und gestand uns, dass es nicht möglich war. Als ich eine Erklärung verlangte, sagte sie, dass die Sache als solche nicht problematisch wäre, wenn unser Sohn „normal" gewesen wäre. Doch in dieser Situation würde ich als Mutter ständig vergleichen und unseren eigenen Sohn bevorzugen, worunter das Adoptivkind mit der Zeit leiden würde. Ich dankte ihr für ihre Ehrlichkeit und sah keine Möglichkeit, sie umzustimmen. Wie wollte sie wissen, dass es so gewesen wäre? Die Apartheid kann man auch hierzulande antreffen, dachte ich: Behinderte, hätten sie jemals eine Chance zu zeigen, dass sie einfach nur Menschen waren mit einem Anderssein? Etwas traurig ging ich an meine Arbeit zurück und entschied, die Geschichte zu vergessen.

Jérôme wuchs in seinem Anderssein und mit ihm die Haare, schwarz und spärlich.

II - Das kleine Kind

Die Kommunikation

Leben soll man leben, aber nicht die ganze Zeit
darüber diskutieren
Isabelle Adjani

Jérôme war oft zwischen den Schreimomenten apathisch und melancholisch. Ein Arzt diagnostisierte damals Autismus. Ich teilte diese Meinung nicht ganz. Wie konnte er sich der „normalen" Welt öffnen, wo er so viel Schmerzen erlitten hatte? Wie konnte er einen Platz unter Menschen finden, die sich lediglich Sorgen um ihn machten? Die Diagnose hätte richtig sein können, hätte er nicht ab und zu ein Lichtlein in den Augen gehabt. Autistische Züge vielleicht, aber tief in seiner Seele war er mit Sicherheit kein Autist. Mit Hilfe seiner Oma nähten wir eine Stoffpuppe aus einem seiner Strampler. Nur der Kopf war neu und das Gesicht lustig. Ich nahm diese Puppe separat auf den Arm und erzählte ihr, dass ich sie liebte, dass sie gut gegessen hatte und jetzt müde sei. Gleichzeitig beobachte ich von der Seite Jérôme und seine Reaktionen. Er verfolgte ganz genau, was ich tat und plötzlich schrie er... vor EIFERSUCHT! Ich nahm ihn dann auf den Arm und wiederholte das Gesagte, dass ich ihn liebte usw. Er schien zufrieden zu sein und ich sah ein leichtes Lächeln auf seinem Gesicht. Der Versuch war gelungen. Ab da verfolgte er intensiver, was sich um ihn herum abspielte und wollte wie ein Löwen-Kind beachtet werden. Dieser Stoffjunge hieß Victor und er war das große Debüt für die nachkommenden Akteure, die das Leben von Jérôme bereichert haben. Besonders die Teddys haben einen festen Platz in unserer Familie, seit er das Wort Teddy aussprechen kann. Als „Lehrerin" habe ich schöne Spielstunden mit ihm und diesen Gefährten veranstaltet, zur größten Freude unseres Sohnes. Er betrachtete sie nicht als Konkurrenz, da sie nicht widersprechen konnten. Jérôme blieb die Nummer Eins. Insgeheim haben sie etwas Großartiges geleistet. Sie haben ihn aus seiner Lethargie geholt.

Von diesem Augenblick an konnte man mit ihm im Gespräch sein. Auch von weitem rief er mich des Öfteren und freute sich sichtlich, wenn ich ihm antwortete, auch wenn immer wieder die gleiche Antwort kam. Oft hörte ich von Fremden, sogar von Freunden, dass ich nicht immer reagieren bzw. erwidern sollte. Nun, es war Ansichtssache. Ich folgte meinem Gefühl. So lange hatten wir eine Reaktion von ihm erwartet, dass jedes „Gespräch" ab jetzt einem kleinen Wunder glich. Ich wurde nie müde dabei.

Jérôme ist sehr ausdrucksvoll in seiner Mimik und es war oft ein Spiel, eine Geheimsprache, die von außen sicher manchmal übertrieben erschien. Ich schenkte ihm meine ganze Aufmerksamkeit und er nahm sie nur zu gerne entgegen. Heute differenziert er sehr wohl, ob er seine Bitte an mich oder an meinen Mann adressieren soll! Warum auch nicht. Machen nicht andere Kinder es genauso! Seine Grimassen sind mittlerweile Legende geworden und passen zu seinem Naturell - unwiderstehlich, besonders für seine Mama.

Fünf Jahre lang hatte ich vergeblich auf die Anrede „Mama" gewartet und mich schon damit abgefunden. Eines Tages, in einer

Notsituation, welche Überraschung, als er „Maman“ auf Französisch rief. Das kam so. Mein Mann und er hatten einen kleinen Konflikt und mein Mann wurde lauter. Ich ging gerade durch das Zimmer und beachtete das Geschehen nicht. Wie ein Hilfloser auf hoher See, schrie Jérôme plötzlich “Maman!“. Ich war erschrocken und sprachlos, doch ich bemühte mich, ihn nicht sofort zu verteidigen, egal was war. Ich schaute ihn an, als wäre es die natürlichste Sache der Welt, dass er nach fünf Jahren zum ersten Mal „Maman“ sagte. Jérôme ist sehr ehrgeizig, aber dass er so lang gebraucht hatte, zu üben! Ich umarmte ihn einfach ganz fest.

Mit ihm ist es mir deutlich geworden, was wir unter „ohne Worte“ verstehen. Ich rede gern und dennoch kann ich auch still wie eine Nonne im Kloster sein. Was ich schon in der Theorie wusste, lehrte mich Jérôme durch die Praxis. Man spricht nur aus, was schon vorher gedacht worden war. Dies geschieht im Gehirn, welches es dann, wie ein Computer, in Worten ausdrückt. Das allererste Beispiel ereignete an einem Vormittag. Ich wollte einkaufen gehen, diesmal ohne ihn, damit es schneller ging. Ich wusste aber nicht, wie ich ihm beibringen sollte, dass er nur ganz kurz in seinem Zimmer allein bleiben würde. Bevor ich den Satz formulierte „Ich komme gleich zurück“, sagte er „Tschüss“. Von diesem Zeitpunkt an, war ich direkt und ehrlich ihm gegenüber und sah, dass dieser Weg so erleichternd sein konnte. Kinder fühlen intuitiv Situationen. Sie brauchen von Erwachsenen eine ehrliche Erklärung. Haben sie das nicht, kann dies eine Quelle von Konflikten für sie sein.

Wenn ich ganz bei mir war und frei von vorgefasster Erwartung, erlebte ich oft ein unerwartet neues Verhalten von ihm.

Quälte ich mich, meine Emotionen in Schach zu halten, war er oft missmutig. Deshalb nahm ich ihn ab und zu auf den Schoss, wenn ich nicht mehr konnte und erzählte ihm, dass es z.B. schwierig war, ihn immer schreien zu hören, dass ich genervt war, dass ich…usw. Er schaute mich auf seine Weise an und lachte oft, und mein Weinen ging ins Lachen über. Danach war die Luft wieder rein und ich nahm alles nicht mehr so schwer.

Aber wenn es einmal wirklich zu viel war, half ich mir durch Gespräche, Spaziergänge und stille Momente, die mir Kraft schenkten. Ich konnte mehr differenzieren zwischen seinen und meinen Problemen. Da man als Mutter sehr in Symbiose mit seinem Kind lebt, sieht man vor lauter Bäumen den Wald oft nicht. Um die Kommunikation mit ihm zu fördern, musste ich mich selbst besser kennen lernen. Mir schien es wichtig, diese Momente allein zu erfahren.

Das Schwierigste blieb lange Zeit sein Geschrei. Die ersten Jahre wachte er nicht auf, ohne zu schreien und manchmal war es sehr schwierig, dies zu ertragen. Obwohl er schon Papa und Maman sagte, rief er uns nicht, sondern brüllte, als wenn er einen Schmerz herausschreien wollte. Er war ein Wecker besonderer Art und ich sprang in den Tag hinein, ohne Übergang, vom Traum in die Realität. Im Halbschlaf, mit automatischen Gesten, bereitete ich seinen Brei vor. Dann beruhigte er sich langsam und der Tag nahm seinen Lauf.

Jérôme ging gerne mit mir einkaufen. Es gab so vieles zu sehen und er plapperte so gern im Geschäft. Doch das Autofahren war ein Problem. Einerseits freute er sich, wenn man eine Ausfahrt ankündigte, doch kaum saß er im Auto oder spätestens ab der zweiten Kurve fing er an, zu jammern oder zu schreien. Jede Unebenheit auf der Straße, jede rote Ampel: er schrie wie am Spieß. Eine Qual für uns beide. Ich erzählte ihm Geschichten, ich ließ leise eine Kinderlieder-Kassette laufen. (Hier ein großes Dankeschön an Detlev Jöcker, ich kenne alle seine Lieder auswendig!). Manchmal klappte es, manchmal auch nicht. Keine Garantie! Trotz Bachblüten war er kaum zu beruhigen.

Mein Unterbewusstsein arbeitete fleißig und ich war schon vor der Fahrt auf Abwehr. Ich überlegte mir zum hundertsten Mal, was ich mit ihm neu veranstalten bzw. ausprobieren konnte. Mit der Tomatis-Methode wurde das Schreien im Auto weniger, wie gesagt, nur weniger! Dr. Tomatis hatte uns gesagt, dass Jérômes Gleichgewichtssinn sich bessern würde. Beim Autofahren zum Beispiel hat er bis heute Probleme, wenn man bremst, beschleunigt oder Kurven fährt. Ein Besuch bei Freunden, eine Reise nach Frankreich waren für uns große Expeditionen, vergleichbar mit denen Reinhold Messners. Die Frage war regelmäßig: „Packen wir es oder stürzen wir ab?". Alle Heiligen wurden angerufen und ich versuchte jedes Mal, keinen zu vergessen. Ja, welche Strapaze dieses Autofahren war! Wir kamen immer ausgelaugt am Ziel an und versuchten eine gute Figur zu machen, wenn unsere Freunde mit einem Lächeln die Tür öffneten und „Hallo!" sagten. Als Jérôme viel später nicht immer mit uns fuhr, genossen wir, mein Mann und ich, regelrecht die Fahrt. Es konnte sein, dass wir kein Wort wechselten, nur ruhig da saßen und mit einem Seufzer manchmal nur ein kurzes „Ah, wie ruhig! Ah, wie schön!" hervor brachten.

Nun, ich war auf das Auto sehr oft angewiesen; die verschiedenen Therapien verlangten es. Heute kann es passieren, dass er ruhig eine Fahrt mitmacht und fröhlich erzählt. Aber es gibt keine Garantie dafür. Wir können besser damit umgehen und das überträgt sich natürlich auf ihn.

Die Kommunikation mit Jérôme ist ein ständiges Erzählen. Und die Protagonisten in den von mir geführten Dialogen leben wie Du und Ich, sei es ein Baum, ein Schrank, ein Blumentopf, eine Spinne oder gar sein Rollstuhl. Das macht ihm am meisten Spaß und seine Aufmerksamkeit ist kolossal! Er wird einen Kopf größer und verfolgt haargenau, was passiert. Alles ist lebendig, es gibt keine tote Materie. Jérôme lehrte mich das und wenn ich früher jemanden gehört hätte, der so mit einem Tisch redet, so hätte ich ihn sicherlich für verrückt gehalten. Dank ihm lösten sich manche meiner Fesseln ohne mein Zutun. Wie wunderbar!

Hauptsache gesund

„Wenn auch Priester und Ärzte um dich stehen –
die Lust am Leben soll dir nicht vergehen."
Jiddisches Sprichwort

Wenn man werdende Eltern nach Ihrem Wunsch fragt: „Junge oder Mädchen", lautet oft die Antwort: „Hauptsache gesund". Warum nicht „Hauptsache glücklich"?

Was hilft uns Gesundheit ohne Glücklichsein? Ohne lange zu überlegen war sicherlich genau das unser Motto: erst einmal glücklich. Parallel haben wir natürlich alles getan, was Jérôme körperlich helfen würde. Die Behinderung war für uns sekundär und so sind wir mit ihm und seinem Anderssein gewachsen.

Wie konnten wir trotz der Hindernisse glücklich sein? Indem wir sie manchmal vergessen haben und den Ärzten nur mit halbem Ohr zuhörten. Eine gewisse Distanz war zu den medizinischen Diagnosen immer vorhanden. Wir standen an zwei Fronten: die eine war eine Revolution in der Partnerschaft, als unser Kind zur Welt kam und die zweite die Divergenz mit der Schulmedizin. Welche Schlacht haben wir gewonnen? Den Friedenskrieg mit uns und mit Jérôme. Nicht alles war falsch diagnostiziert, aber wer wollte sich mit dem medizinischen Fachjargon auseinandersetzen oder ihn gar verstehen. Druck erzeugt Gegendruck, jeder weiß das. Und den brauchten wir am allerwenigsten. An erster Stelle stand das Wohlbefinden von Jérôme und ich meine hier das seelische

Wohlbefinden. Zahlreiche Ereignisse haben das so oft illustriert und ich erinnere mich noch an eine lustige Geschichte, auch wenn sie traurig anfing:

Jérôme war ca. vier Jahre alt, als er mit einer Herzinsuffizienz ins Krankenhaus eingeliefert wurde. Untersuchungen über Untersuchungen und Ungewissheit um sein Herz und dessen Zustand. An einem Tag ging ich kurz in die Cafeteria des Krankenhauses, um mir einen Kaffee zu holen und als ich zurückkam war sein Bett von Ärzten umlagert – ratlos! Jérôme war schon blau im Gesicht. Ein dramatischer Moment. Lebte er noch? Ich neigte mich ganz nah an sein Ohr und sagte auf Französisch: „Jérôme ich bin da, es ist in Ordnung, wenn Du gehen möchtest, auch wenn ich traurig bin. Aber wenn Du noch leben willst, öffne bitte jetzt die Augen“. Innerhalb von Sekunden hat er die Augen geöffnet und mich angeschaut. Der Bann war gebrochen. Die Ärzte gingen und ich war die glücklichste Mutter der Welt. Von da an ging es stetig bergauf mit ihm, auch wenn die Ärzte sich in Erklärungen und Vermutungen verwickelten. Eine Ärztin hatte allerlei Medikamente verschrieben und mir gesagt: „Ach, für die Zeit, die er noch zu leben hat, ist das völlig in Ordnung“ (damit waren die Nebenwirkungen gemeint). Ich war über die Aussage schockiert und kein Stuhl wäre zu schwer für mich gewesen, um ihn gegen sie zu schleudern. Aber der Mensch hat glücklicherweise manche Hemmungen, die ihn davon abhalten, gewalttätig oder kriminell zu werden!

Während dieser Zeit durften wir, mein Mann und ich, Jérôme mit Zuwendung und mit Lebensmitteln versorgen, wenn er Hunger hatte. Alles, was er in die Windeln ausschied, wurde kontrolliert und gewogen, er durfte nicht so viel essen und trinken, um das

Herz nicht zu belasten. Jérôme hatte Hunger und schrie (wollte er doch noch leben?). Wir fütterten ihn mit leichter Kost. Einmal kam eine Krankenschwester leise ins Zimmer, so leise, dass wir sie nicht hörten. Mein Mann war über die Provianttasche gebeugt und sagte laut und mit einem lustigen Ton: „Du Jérôme, was essen wir heute: Gemüse mit Hähnchen oder Nudelallerlei"; Jérôme lachte laut in seinem Bett und wir wurden rot im Gesicht, als wir den weißen Kittel sahen. Zwei Tage später war Jérôme so weit, dass wir ihn nach Hause mitnehmen konnten. Die starken Medikamente wurden Stück für Stück durch homöopathische Mittel ersetzt, von denen er heute glücklicherweise keines mehr braucht.

Der Alltag

Die Liebe ist ein Stoff, den die Natur gewebt
und die Fantasie bestickt hat
Voltaire

Der Alltag mit Jérôme als Baby glich fast dem einer Mutter mit einem sorgenfreien Kind. Es überwog die Freude am Tun und ihn zufrieden zu sehen....wären nicht die viele Schreistunden gewesen, die unser Nervenkostüm strapazierten, sowie die vielen Infekte mit ihren Folgen. Meine Mutter erzählte mir des Öfteren, wie viel Wäsche sie bei uns sechs Kindern waschen musste. Manchmal dachte ich, ich übertreffe ihre Aussage. Der Waschmaschine sei hier gedankt. Vielleicht war sie damals eine meiner besten Freundinnen! Wenn man dachte, jetzt ist etwas besser, kam eine spastische Bronchitis und die ganze Arbeit fing von vorne an. Alle Infekte mündeten in eine Bronchitis. Das Husten war manchmal unerträglich. Wir hätten es ihm so gerne abgenommen! Für jemanden, der nicht abhusten kann, ist das eine Qual! Ich hatte große Schwierigkeiten, entspannt zu bleiben, hielt oft meinen Atem an. Ein Infekt dauerte ca. zwei bis drei Wochen, die „trockenen" Pausen dazwischen nicht allzu lang. Er bekam eine Behandlung à la carte: Inhalieren, Abklopfen, damit der Schleim nicht festsitzt, Kräutertee mit Honig tropfenweise verabreicht, homöopathische Tropfen und Schüssler-Salz-Tabletten über den Tag verteilt. Ich saß viel am Bett, erzählte ihm Geschichten und streichelte ihn gleichzeitig sanft. Das genossen wir beiden und es schenkte uns Ruhe und Zuversicht. Dann diese große Freude, wenn der Husten abklang und er wieder lachte und Blödsinn im Kopf hatte!

Wir hatten uns für die Naturheilverfahren entschieden. Sein Immunsystem wurde auf lange Sicht stabiler. Viel später durften wir die Früchte davon ernten. Er wurde tatsächlich gesundheitlich robuster und die Infekte gingen oft an ihm vorbei.

So habe ich in der Zeit meine Kenntnisse erweitert: in der Homöopathie, in der Kräuterheilkunde, in der Naturheilkunde. Wenn mein innigster Wunsch gewesen wäre, Heilpraktikerin zu werden, hätte ich im Bereich der Infekte der Atemwege eine hervorragende Note bekommen. Nun, es macht nicht immer Spaß, Theorie und Praxis gleichzeitig zu üben. Nächtelang waren wir wach, angespannt und besorgt. Gott sei Dank war ich in den besten Jahren, in denen die Lebensenergie noch sehr hoch ist.

Auch eine gesunde Kost wollte ich Jérôme anbieten, keine Babynahrung aus Gläsern. Diese haben wir nur im Notfall oder auf Reisen verwendet. Ich kochte alles frisch, pürierte wenn nötig und er war relativ früh ein Feinschmecker. Jérôme merkt heute noch, ob etwas frisch zubereitet ist. Er isst einfach mehr und mit Genuss. Und es wurde mit viel Liebe gekocht. Er saß in seinem Hochstuhl bei mir in der Küche und ich erklärte ihm die Kunst des Kochens, ließ ihn oft die Lebensmittel schnuppern und erzählte und erzählte, alles auf Französisch natürlich. Damals gab es sicherlich auch schon Kochshows im Fernsehen, aber zu Hause hat er sie „live“ gehabt. Jérôme hat gute Essmanieren, dies dank Lymphdrainage, die er regelmäßig im Mundbereich bekam. Ein Kieferorthopäde hatte uns dies empfohlen und mein Mann führte sie durch. Es half enorm und wie eine Gebetsmühle forderten wir ihn auf, zu kauen.

„Jérôme, gut kauen, gut kauen". Er sabberte daher nicht und entwickelte eine gute Kaumuskulatur. Als er größer wurde, wurde ich oft mit einem „Oh, Oh" beim Auftragen der Speisen belohnt. Mit gutem Essen und Schokolade ist er groß geworden. Er ist übrigens mehr für das Salzige als für das Süße und er hat lange Zeit gebraucht, besonders in den Institutionen, Pfannkuchen mit Apfelmus als Mittagessen zu akzeptieren. Wo ist die Wurst?

A propos Wurst, eine nette Episode, die sich Jahre später ereignete: wir waren einige Zeit aus ethischen und gesundheitlichen Gründen strenge Vegetarier, mein Mann, ich und zwangsläufig auch Jérôme. Eisenpräparate bekam er zwar und seine Blutanalysen waren entsprechend der Mineralstoff-versorgung gut. Eines Tages ging ich mit ihm in einen Bio-Supermarkt. Beim Auswählen der Ware ließ ich Jérôme oft im Rollstuhl an einer Stelle, wo ich ihn gut sehen konnte und ging allein durch die Gänge. Einmal, beim Umdrehen, sah ich ihn nicht mehr. Da der Supermarkt nicht allzu groß war, konnte er ja nicht so weit sein. Da sah ich ihn von weitem in seinem Rollstuhl an der Fleischtheke stehen, wo eine Verkäuferin ihn mit einer Wurst fütterte. Er aß sichtlich mit Genuss und Schuldgefühle zogen bei mir auf, wie eine große Gewitterwolke! Die Verkäuferin hatte mich nicht vorher gefragt, ob er dies essen dürfte. Ich bin ihr heute noch dankbar für diese Erkenntnis. Ich ging aus dem Markt mit etwas Fleisch… und einem sichtlich zufriedenen Kind nach Hause. Ab da integrierte ich ab und zu Nichtvegetarisches zu unseren Mahlzeiten. Salami war lange Zeit ein Hit zum Frühstück, Marmeladen und Co. waren abgeschrieben.

Das Essen ist für Jérôme eine sehr wichtige Angelegenheit, obwohl man sich womöglich fragt, ob er genug gegessen hat, wenn man ihn sieht. Das Allergrößte war für ihn, ein Restaurant zu besuchen, wo er mit seinem Charme oft das ganze Personal beschäftigte. Es war für uns immer ein schöner Augenblick, mit Jérôme dieses Ritual zu vollziehen. Das Ambiente war ihm sehr wichtig. In einer Kneipe wären wir gescheitert. Wie bei der Bahn, bevorzugte er die 1. Klasse, Nichtraucher selbstverständlich. Einmal landeten wir im Speisesaal eines großen Hotels, wo ein Mittagsbüffet aufgebaut war. An unserem Tisch angekommen, kam eine Bedienung mit dem Hinweis, dass unser Kind sich umsonst bedienen könne, bzw. bedient werden könne! Und das mit einem vielsagenden Blick, ach, der Arme, er ist ja so dünn! Hier hatte sie sich ziemlich vertan. Ich stand mindestens dreimal auf, um seinen Teller zu füllen. Es schmeckte ihm sichtlich an diesem Tag und ich traute mich selber nicht, dieser netten Bedienung in die Augen zu schauen. Sie hätte sicherlich gedacht, dass wir, mein Mann und ich, schummelten…

Lachs ist auch einer seiner Favoriten, besonders Rauchlachs. Einmal machten wir eine Pause in einem Mövenpick-Restaurant, wo mein Mann sich einen Teller mit Rauchlachs bestellte. Er wollte unseren damals fünfjährigen Sohn davon kosten lassen und war damit seine Speise los. Jérôme hörte nicht auf, zu signalisieren, dass er wieder und wieder davon wollte. Ich glaube, dass mein Mann frustriert mit einem Brötchen raus gegangen ist.

Als Baby und Kleinkind sah man seine Behinderung nicht sofort. Nur seine Größe entsprach nicht seinem Alter. Wenn er müde war, hing der Kopf manchmal zur Seite und seine Motorik war eingeschränkt. Nur diejenige, die unseren Alltag mit uns geteilt hätten, wären im Stande gewesen, zu sehen, was unser Pflichtprogramm war: Therapie, Therapie, Therapie. Einige dieser viel versprechenden Therapien haben wir ausprobiert. Erst die konventionellen, wie: ihn bewegen, ihn auf einem Ball rollen lassen, vor einem Spiegel Motorik und Sprache üben. Einmal hatte die Ergotherapeutin ihm gezeigt, wie man einen Kuss mit dem Mund formt. Es hatte ihn wie ein Blitz getroffen. Er konnte es und war so stolz, sich vor diesem großen Spiegel beim Küssen zu sehen. Auf der Heimfahrt hörte ich ihn noch, wie er übte. Er schmatze ziemlich laut und diesmal hatte er keinen Stress im Auto. Ab diesem Zeitpunkt definierte ich das Küsschen für „Danke", was er nicht aussprechen konnte. Wenn er etwas geschenkt bekam, erhielten wir alle ein Küsschen als Belohnung. Heute ist er ein wahrer Knutscher und bei jedem passenden Anlass, oder wenn er sich beliebt machen will, verteilt er seine Gunst auf diese Weise. Die nächste Therapie, die uns die Ärzte empfahlen war die Vojta-Therapie, entwickelt von einem Neurologen namens Vojta. Für diejenigen, die noch nicht davon gehört haben sagt Wikipedia folgendes darüber:

„Mit der Vojta-Therapie soll durch das Auslösen von Bewegungsreflexen, unter Beachtung von vorgegebenen Ausgangsstellungen und Reizpunkten, Menschen geholfen werden, die motorische Störungen haben.

Durch eine Summation von Reizen werden Reflexmuster ausgelöst, wie sie in der üblichen physiologischen motorischen Entwicklung von selbst auftreten würden. Diese Reflexmuster beinhalten z. B. das Umdrehen in zwei Phasen und das Kriechen."

Das Kind liegt auf einer Matte und wartet, dass die Mutter einige Körperstellen reizt, um die gewünschte Bewegung zu erzielen. Um effizient zu sein, soll man mindestens einmal am Tag üben. Eine Tortur! Jérôme schrie wie am Spieß und war sehr schwer zu beruhigen. Wie kann man einem Baby bzw. Kleinkind vermitteln, dass so etwas gut für es ist, dass wir uns Erfolg mit dieser Methode versprachen, auch wenn die ganze Prozedur qualvoll zu sein scheint? Er sah wie gefangen aus. Kein Ausweg! Es brach mir immer fast das Herz, wenn ich ihn während der Sitzungen schreien hörte. Nun, als Mutter fühlt man sich verantwortlich. Gewissenhaft, wie ich war, blieb ich doch eine ganze Weile dabei. Bis wir beschlossen, die Vojta-Therapie abzubrechen. Wir gingen zu der sanften Form zurück, zur Bobath-Therapie. Eine Zeit lang blieb ich unsicher, ob es richtig war aber Jérôme wuchs freudig und glücklich weiter.

Als einer der ersten hat Jérôme (1982 geboren) die innovative Methode von Jirina Prekop erfahren, die Festhaltetherapie. Regelmäßig waren wir zur ärztlichen Kontrolle im Krankenhaus. Da er viel schrie und den Blickkontakt verweigerte, riet man uns, einen Termin bei Frau Prekop, Psychologin, zu machen. Von ihr wurden wir in die Durchführung einer solchen Therapie eingewiesen. Darin unerfahren konnte ich ihr nur mein Vertrauen schenken. Immer mit der Absicht, Erleichterung, Verbesserung und Heilung für unser Kind zu finden.

Wenn Jérôme seine Schreiphasen hatte, nahmen mein Mann und ich ihn liebevoll auf den Arm und hielten ihn fest. Er war umklammert und sein Blick konnte nicht abschweifen. Er schrie und er sträubte sich gegen die Umklammerung. Das Ziel war, ihm durch das Festhalten bzw. die enge Umarmung unsere Nähe, unsere Liebe und Geborgenheit zu zeigen, unterstützt durch liebevolle Ansprache. Besonders für mich waren diese Momente schwierig aber kostbar. Am Anfang einer Sitzung wussten wir nie, wie lange sie dauern würde. Da Jérôme viel Kraft entwickelte, war es für uns körperlich und seelisch sehr anstrengend. Zeitweilig flossen auch bei uns die Tränen und Schweißperlen glänzten auf unserer Stirn. Gegen Ende der Sitzung, wenn er sich von allein beruhigt hatte, waren wir alle erschöpft. Dann schaute er uns kurz an und kuschelte sich ein wenig ein. Ein wesentlicher Faktor der Festhaltetherapie ist die Durchsetzung, also ein Kräftemessen. Daher durften wir den Vorgang nicht abbrechen. Im Laufe der Zeit wurden unsere Sitzungen kürzer und in größeren Abständen gehalten. Ich weiß nicht mehr ganz genau, wie lange wir so verfuhren. Der Kontakt zwischen uns wurde ständig enger. Wir konnten uns mehr und mehr auf den anderen verlassen. Und Jérôme? Hat er mehr Vertrauen zu uns gewonnen? Man kann sich bestimmt leicht ausmalen, wie schwierig es ist, den Fuß auf die Erde zu setzen, ohne liebevolle Anleitung!

Nicht mit allem war ich einverstanden. So traf ich z.B. bei einem organisierten Workshop auf einige Mütter behinderter Kinder. Ich erinnere mich amüsiert an eine Mutter, die ihr Baby schon in einer Werkstatt für Behinderten anmelden wollte, aus Angst, dass sie keinen Platz bekäme, denn diese waren schon damals begehrt und knapp. Für mich war dies so irrelevant, ich lebte in der Gegenwart und malte mir nicht eine düstere ferne Zukunft aus. Wie in der Fabel von La Fontaine, „Die Grille und die Ameise“, wurde ich als Grille angesehen, die keine Vorräte einlegt, im Gegensatz zur Ameise und so musste ich eben tanzen!

Der Kindergarten

Freude ist das Geheimnis.
Lerne reine Freude kennen, und du wirst Gott kennen lernen.
Sri Aurobindo

Wie für jedes Kind fing auch für Jérôme das soziale Leben mit dem Kindergarten an. Es war für ihn wichtig, in die Gemeinschaft hineinzukommen. Bisher hatte er die Kinder unserer Freunde als kleine Spielgefährten gehabt. Regelmäßig hatten wir Besuch von ihnen bzw. ich fuhr, wie viele Frauen mit Kleinkindern, zum Kaffeetrinken nachmittags zu meinen Freundinnen und ihren Kindern. Als er ca. 5 Jahre alt war, suchten wir einen geeigneten Platz in einem Kindergarten, der nicht allzu weit von zu Hause entfernt sein sollte. Ich träumte, er würde in einen Regelkindergarten gehen. Damals gab es schon gute Versuche, Sonderkinder zu integrieren, warum nicht auch unseres? Den ersten Versuch machte ich bei den Anthroposophen, da Sie mir eine andere Philosophie des Lebens zeigten. Dieser Plan scheiterte. Sie konnten ein Kind im Rollstuhl und mit Pampers-Windeln (statt Stoffwindeln!) nicht akzeptieren. Mit dieser Entscheidung war mir klar, dass es, was die Integration anbelangte, eine Odyssee werden könnte. Die Sozialinstitution drängte uns, ihn in einer Sondereinrichtung anzumelden. Der einzige Vorteil: sie befand sich in unserer näheren Umgebung. Das war alles. Wir versuchten es eine Zeit lang. Schon beim ersten Ankommen, wurde mir etwas mulmig zumute. So viele Behinderte auf einem Fleck. Es war sozusagen ein Schock. In seiner Gruppe, erinnere ich mich, fühlte er sich nicht wohl und schrie noch mehr als zu Hause. Auch wenn

Jérôme behindert war und der Alltag sicherlich ein anderer als bei normalen Familien, wollten wir ihn so jung nicht in ein geschlossenes System der Behinderten geben. Ihn schon jetzt zum Außenseiter stempeln, einfach nein! Ich rebellierte innerlich und war zerrissen. Es müsste doch möglich sein, in unserer Gesellschaft „gemischt" zu leben! Wir hatten bisher so viele ungewöhnliche Wege beschritten. Ich hielt an meiner Vision fest und ging weiter auf die Suche nach Möglichkeiten. Und ich hatte Erfolg!

In der Kindergärtnerin Sigrid A. fand ich eine kompetente Frau, die in einem katholischen Kindergarten arbeitete. Sie wagte es, ja zu sagen zu unserem wagemutigen Anliegen. Nicht nur Dankbarkeit schenkte ich ihr, sondern auch meine Freundschaft. Für die beiden Kindergärtnerinnen war es eine Premiere. Ich bot an, ein paar Mal bei Jérôme zu bleiben und auf alle Fragen zu antworten. Selber war ich gespannt, ob dieser Versuch gelingen würde. Jérôme schrie immer noch sehr viel zu dieser Zeit und ich hoffte, dass es nicht daran scheitern würde.

Die Kinder, neugierig wie sie waren, stellten allerlei Fragen: wieso, warum, weshalb. Jérôme auf meinem Schoss, antwortete ich geduldig und es machte mir gleichzeitig Freude, diesen interessierten Kindern unseren Alltag zu offenbaren. Jérôme genoss es, der Mittelpunkt zu sein und mit seiner starken Ausstrahlung hatte er schon bald die Herzen der Kinder für sich gewonnen, besonders die der Mädchen, die ihre beschützende Rolle ausprobieren konnten. Nach und nach ließ ich ihn für nur zwei Stunden allein mit der Gruppe. Ich war so glücklich, dass ich manchmal einfach in der Umgebung blieb und mir einen Capuccino in einem Café gönnte. Ich hatte das Gefühl, dass ich selber weniger „behindert“ war und dass die Welt zu meinen Füßen lag. Die Rückmeldung vom Kindergarten war positiv und Kindergärtnerinnen wie Kinder empfanden mehr Freude als Belastung. Alle wirkten sehr engagiert und suchten Lösungen zu Situationen, die sie vorher nicht kannten: wie füttert man ihn am besten, wie kann er bequem in seinem Rollstuhl sitzen, wie kann man ihn beruhigen, usw.? Wie selbstverständlich bezogen sie ihn in ihre Spiele ein. Wenn er überfordert war und heftig schrie, nahm man ihn auf den Arm in eine Ecke und zog sich zurück, wo er sich in einer vertrauten Atmosphäre fühlte. Die Kinder lernten diese wortlose Sprache, die genauso effizient wie die verbale war. Die Kindergärtnerinnen sagten mir sogar, dass die Kinder viel differenzierter auf seine Zeichen reagierten als sie selber. Sie spielten, wie Kinder eben spielen und wussten nicht, welche Bereicherung dies für ihn bedeutete. Sigrid A. machte später eine Sonderausbildung zur Heilpädagogin und schrieb ihre Arbeit über die Integration von Kindern mit Behinderungen und nichtbehinderten Kindern. Sie schrieb u.a. folgendes:

„Aus Unsicherheit und Angst können aggressive Haltungen entstehen, die an Schwachen abreagiert werden. In den Anfangszeiten von Jérômes Kindergartenbesuchen waren wir besorgt, ob sich derartige Aggressionen der Kinder gegen ihn richten würden. Das Gegenteil passierte: das auffälligste Kind, nervös, laut und selten bereit, seine Konflikte nicht mit der Faust zu lösen, wurde Jérômes Beschützer. Er begrüßte ihn jeden Morgen mit Fürsorge und Zärtlichkeit, schob ihn zu sich in seine Spielecke und erklärte Jérôme seine Spiele, Bauwerke oder Zeichnungen. Bei Jérôme musste er seine Überlegenheit und Stärke nicht beweisen, da war es für ihn legitim, seine reiche

Emotionalität zu zeigen. Jérôme antwortete mit einer eindeutigen Bevorzugung und seiner strahlenden Herzlichkeit.“

Und diese engelhaften Erzieherinnen wurden, ohne es vielleicht zu wissen, exzellente Therapeutinnen. Sie forderten Jérôme sanft und spielerisch auf, seinen passiven Wortschatz zu erweitern, seine Gestik, Mimik und Sprache zu verstärken, um sich mitzuteilen. Dort hat er viel gelernt und er freute sich jedes Mal, wenn ich die bekannten Lieder wiederholte oder Worte und Ausdrücke, die man ihm beigebracht hatte.

Diese Zeit wurde als Chance für den ganzen Kindergarten gesehen. Jérôme beeinflusste die Gruppe durch seine Anwesenheit, seine starke Ausstrahlung, ohne dass die anderen Kinder zu kurz kamen und ohne ihre Bedürfnisse und Interessen zu beeinträchtigen.

Das Ende dieses schönen Lebensabschnittes kam unerwartet. Mein Mann wurde von seiner Firma nach Freiburg versetzt. Einerseits waren wir glücklich über diesen Wechsel, andererseits musste ich mich vorbereiten, eine Kontinuität dieses Experimentes zu finden, das nun Realität geworden war.

III - Der Jugendliche

Suche nach Heilung

In demselben Moment, wo der Geist bereit ist,
geht Gott hinein
ohne Aufschub und ohne Zögern.
Meister Eckhart

Mit dem ersten Heiler Herrn C., der in unser Leben trat, war der Weg von Jérôme geprägt, wie der Säugling durch die Muttermilch. Die Würfel waren schon gefallen. Kein Zurück mehr. Entweder würden mein Mann und ich die Augen, die Ohren, den Mund zumachen, wie die drei heiligen Affen oder uns für etwas Anderes öffnen. Schon als Kind hatte ich unzählige Fragen, die unser Dasein betrafen. Woher kommen wir, welchen Sinn hat das Leben? Leider hatte ich keinen Ansprechpartner, der mir irgendwie diese vielen Fragen beantworten konnte. Mit der religiösen Hierarchie konnte ich mich nie anfreunden. Wie kann man Gott nur *einer* Kirche zuordnen? Ich war schon ein freier Geist, passte mich dennoch den Konventionen und der kirchlichen Erziehung an. Meine Vision war eine Kirche, in der alle Glaubensrichtungen sich vereinigen konnten. Eine Kirche mit dem Hauptnenner: Liebe. Hätte ich zu wählen, so wäre die Religion der Buddhisten bzw. der Naturvölker die meine gewesen.

Als ich meinen Mann traf, der für Katholiken sicher als Atheist bezeichnet werden könnte, war es, als hätte ich eine gute Portion

Sauerstoff bekommen. Sein Weltbild war ganzheitlich, ohne Himmel und Hölle und ohne Sünde und Schuld. Kirche hatte für ihn nichts mit Religion zu tun. Das war neu für mich. Nach dem Verlust unseres ersten Kindes versuchte ich nochmals, in die Kirche zu gehen, um Trost und Halt zu finden. Ich war erstaunt, wie wenig übrig blieb und ich war danach deprimierter als vorher. Nach der Geburt von Jérôme war es natürlich kein Zufall, dass ich mich, wenn auch unter Schockzuständen, auf dem Weg befand, den ich eigentlich immer gesucht hatte. Es fühlte sich alles noch merkwürdig an, aber dennoch wahrhaftiger. Das, was ich so sehr als junge Frau angestrebt hatte, präsentierte sich jetzt sozusagen als Arbeitsmaterial. Die Lektionen bekam ich fortlaufend und direkt ins Haus geschickt. Ich fühlte mich weder bestraft noch besonders als Heilige. Nur die Liebe zu diesem besonderen Kind wird mir wohl den Weg zeigen, so sagte ich mir damals.

Zu meinem achtzehnten Geburtstag hatte ich mir ein Horoskop gewünscht. Zu der damaligen Zeit, in einer kleinen Stadt wohnend, waren die Astrologen rar oder versteckt. Ich bestellte daher die Deutung meines Geburtshoroskopes, per Computer gedruckt, die mich achtzehn Francs kostete, so wie meine Geburtstagszahl! Ich las eifrig den Text und erkannte mich fast in allen Lebensbereichen, wobei diese Deutung damals nicht so differenziert war, wie die heutige. Es reichte dennoch, um mir Appetit zu machen. Ich fing an, Bücher zu lesen, die Daten unserer großen Familie zu entziffern. Später berechnete ich dann alles manuell, es gab noch kein Computerprogramm, das sekundenschnell die Ergebnisse ausspuckte. Es war abenteuerlich und schön zugleich. In den 70er Jahren war es zweifelsohne noch kein Beruf, den man vor den Eltern als Wunschausbildung präsentieren konnte. Es musste etwas Solides sein. Ich entschied mich damals für die Fremdsprache Spanisch, die Sprache meiner Mutter. Als mir klar wurde, dass ich auf keinen Fall Lehrerin werden wollte, brach ich das Studium ab und ging auf eine private Universität, um Fremdsprachensekretärin zu werden. Doch die Astrologie blieb ein Hobby und es war mir immer eine Freude, die Daten meiner Freunde zu kalkulieren und sie zu interviewen, ob die Deutungen passend waren. Heute ist die Astrologie unter anderem mein Beruf.

Nach der Geburt von Jérôme war es natürlich nahe liegend herauszufinden, welche Rolle seine Geburtszeit spielte. Für mich war es nachvollziehbar, dass seine Geburt mit allen Konsequenzen passierte, wie es sein sollte, so dass ich wenig mit dem Schicksal haderte. Dieser (kleine) Mensch hatte sich mit all seinen Prägungen inkarniert und ich hatte eher zu entziffern, wie er als geistiges Wesen sein körperliches Dasein leben konnte. Ich würde ihn besser verstehen und unterstützen können. Sobald ich aus dem Krankenhaus nach Hause kam, erstellte ich sein Horoskop mit Hilfe des Computers und war nicht erstaunt! Unser Löwe-Kind mit Aszendent Fische zeigte sich nun astrologisch auf dem Papier. Ich gestehe, dass es mir viel geholfen hat und oft eine Stütze war, auch wenn man ohne Astrologie gleichermaßen gut leben kann. Mit der Astrologie assoziiere ich immer Toleranz, denn man kann seinen Mythos nur so leben, wie die Quelle ihn bestimmt hat. Dafür waren die Sterne nicht verantwortlich, sie waren einfach der Kompass, um den richtigen Weg zu weisen. Jérôme liebt z.B. Geschenke und braucht Komplimente wie es bei dem Löwe-Zeichen halt so ist. Er ist ein Genießer der Extraklasse. Man schaue nur sein Gesicht an, wenn er etwas geschenkt bekommt! Es muss nicht viel oder teuer sein. Eine Schachtel seiner Lieblingskekse genügt, aber bitteschön hübsch verpackt. Auch trotz seiner Behinderung zeigt er deutlich alle Facetten, die er hat und das hilft enorm. Sein Fische Aszendent macht ihn sensitiv und verletzbar. Er war in manchen Situationen nicht immer belastbar und manchmal war es schon besser, ihn aus Zonen, in denen Hektik herrschte, heraus zu holen. Aber genug mit der Astrologie!

Im Bereich der Heilung ist er ein Meister. Er führte uns immer zu den Heilern, die auch wir brauchten, nicht nur er. Ich hatte den starken Eindruck, dass sie seine Familie waren und dass ein erkennbares Wiedersehen stattfand. Er gehörte nicht nur uns. Wie oft habe ich an die Mutter Maria gedacht, die ihr Kind gesucht und unter seinem Gleichen im Hause seines Vaters fand.

Mit Herrn C. blieben wir noch die folgenden zwei Jahre in Kontakt und besuchten ihn mehrfach in Frankreich. Jérôme freute sich jedes Mal, es war als träfe er einen alten Freund. Wir hielten auch die Verbindung zu Marie-Jo. Sie war eine Freundin geworden und freute sich über die Fortschritte, die ihr Liebling machte. Sie half mir damals sehr, bei der Verarbeitung des Todes unseres ersten Kindes Nicolas, der in meinem Herzen immer lebendig sein wird.

Jérôme und wir, seine Eltern, haben durch die Heiler die Welt kennen gelernt. Dazu mussten wir nicht immer verreisen, denn oft weilten sie in Europa und kamen zu uns. Einer von ihnen, Daskalos aus Zypern, war ein spiritueller Lehrer der bedingungslosen Liebe, er war tief religiös. Ich hatte all seine Bücher mit Begeisterung gelesen und als wir erfuhren, dass er die Schweiz zu Vorträgen besuchte, fuhren wir mit Jérôme hin. In dem Saal, wo wir alle seinem Vortrag lauschten, war unser Kind ganz still und interessiert. Wir hörten keinen Ton von ihm. Er war damals ca. 10 Jahre alt. Anschließend hatten wir ein kurzes Gespräch mit Daskalos. Er sagte einiges über Jérôme, unter anderem, dass er Wasser brauche, wie ein Fisch. Später hat Jérôme mit Vergnügen Bewegungs-Wärmebäder mit einer Therapeutin genossen und war danach immer sehr locker und glücklich, nicht nur, weil diese Therapeutin ihre Arbeit mit ihm hervorragend machte, sondern auch, weil sie eine junge bildhübsche Frau war!

Auch philippinische Heiler konnten wir in der Schweiz und in Deutschland mit ihm aufsuchen. Besonders zu einem, der regelmäßig nach Deutschland kommt, hat Jérôme eine gute Verbindung. Sobald er ihn sieht, ist die Freude so groß und er ist so aufgeregt, dass er fast den Rollstuhl demoliert.

Eine Schamanin aus Chile kam sogar zu uns nach Hause, damit wir nicht mit ihm reisen mussten. Das Schlafzimmer von Jérôme glich einer Indianer-Hütte und wir lernten ein wenig über Zeremonien dieser Völker. Es fehlte nur noch ein brennendes Feuer! Jérôme war wie verwandelt in den Händen dieser Schamanin. Er zeigte wieder einmal, dass er uns nicht wirklich gehörte, so wie wir denken, sondern einem Ganzen, das wir nicht nennen können.

Da in Freiburg das Tibet-Haus im Entstehen war, fühlten wir uns dort hingezogen und unser Interesse an der tibetischen Medizin erwachte. Tibetische Ärzte kamen aus Dharamsala und führten Pulsdiagnosen durch. Wir fuhren mit ihm einmal hin und er ließ die Ärztin an seinen beiden Handgelenken tasten. In solchen Momente war er wirklich „normal“ und verfolgte stolz die ganze Prozedur.

Es gab so nette Menschen, die uns oft Erleichterung brachten und inspirierten. Ich verberge nicht, dass wir manchmal auf ein Wunder warteten, dass Jérôme mit seinem Körper mehr machen könnte. Doch auch wenn unsere Erwartungen nicht immer erfüllt wurden, kam nie Enttäuschung auf. Die Begegnungen ließen stets wunderbare Spuren zurück und gaben uns Vertrauen, denn alle diese Heiler handelten mit der Kraft ihres Herzens. Jérôme war der erste, der uns dies zeigte. Warum hätten wir etwas anderes wünschen sollen? In diesen Fällen haben wir gespürt, dass die Rolle des Verstandes sekundär ist. Die Sprache des Herzens ist direkt und unverfälscht. Wir waren dann immer berührt und die Gefühle, die daraus erstanden, waren wie die Noten unserer Symphonie.

Auch manche Ärzte waren Heiler. Vielleicht soll ich hier das Wort „Heiler“ definieren. Für mich ist ein Heiler derjenige, der mich in meinem Körper-Seele-Geist-Organismus erkennt, berührt und in Harmonie bringt. Auch einer unserer Hausärzte gehörte dazu, wenn er ihm kinesiologische Behandlungen gab. Wenn die Klingel läutete und Jérôme schon wartend auf unserem Massage-Tisch lag, musste man ihn gut festhalten, so sehr zappelte er vor Freude. Auch seine jetzige Heilpraktikerin Heidy, die seine Gesundheit unterstützt und viel mit der Psycho-Kinesiologie arbeitet, bereinigt ungelöste seelische Konflikte und das Resultat merkt man bei Jérôme in den nächsten fünf Minuten! Er wird lockerer, die Spastik geht zurück, seine Stimmung bessert sich. Sie hat immer ein Ohr für unsere Belange und hat den besten Spürsinn zu ihm. Jérôme lässt zu, ist nicht wie wir oft voreingenommen mit

Vorbehalten oder Zweifel. Es geht oder es geht nicht, er ist offen. Die Chemie muss stimmen. Sonst kann er deutlich seinen Unmut zeigen, wie bei manchen Untersuchungen, die wir hin und wieder im Krankenhaus machen lassen mussten.

Auch Irmgard, Heilpraktikerin aus München, hat uns jahrelang mit ihrer besonderen Art begleitet. Ich war oft hilflos, besonders nach Jérômes epileptischen Anfällen. Meine Unsicherheit verflog dank ihrer Hilfe und besonders dank ihrer Stimme. Wir hatten nur telefonisch Kontakt aber diese Stimme glich der Ruhe selbst, wie die einer Stewardess für gestresste Passagiere, beruhigend und immer positiv eingestimmt. Sie war selbstverständlich sehr kompetent und hellsichtig. Sie half immer und immer wieder und auch heute noch, nachdem sie das Volumen ihrer Praxis reduziert hat, sind wir befreundet.

Dank dieser Unterstützungen ist Jérôme auch heute bestens versorgt und sein Geist ist hellwach, da er nicht mit schweren Medikamenten „betäubt" wird. Das ist das größte Geschenk, das wir jetzt nach 28 Jahren haben. Bis auf eine allopathische Tablette, die er zur Muskelentspannung nimmt, wird er mit Homöopathie und sonstigen Naturheilverfahren behandelt. Und er liebt seine homöopathischen Tropfen. Schon von Kind an, haben wir ein Ritual daraus gemacht. Wir boten ihm das Einnehmen als etwas Besonderes an. Manche Tropfen waren so bitter, dass wir Angst hatten, er würde sie verweigern. Wir kündigten die Einnahme mit einem „Jérôme Medizin" an! Und er wusste, wie der Ablauf vor sich ging: erst einmal unsere ganze Aufmerksamkeit und danach eine Belohnung. Wie schön er die Tropfen bzw. Tabletten nahm! Mit seinen Rehaugen schaute er uns stolz an. Noch heute vor dem

Schlafengehen sagt er „lecker". Er hat keinen Hunger, nein, er denkt an die Abendtropfen, die er vor dem Einschlafen nimmt.

Nicht nur fremde Heiler und Naturmittel sind bei Jérôme willkommen. Die heilenden Hände seines Vaters genoss er eine zeitlang tagtäglich. Wieso? Ich war in Behandlung bei einem Polarity-Therapeuten und die Sitzungen taten mir sehr gut. Einmal, als mein Mann unter Rückenschmerzen litt, schenkte ich ihm meine Stunde. Er schwebte nach Hause zurück und war restlos begeistert. Ich hatte vor, die Ausbildung für diese Therapieform zu machen aber als ich sah, dass mein Mann auch sehr interessiert war, gab es keinen Zweifel, dass er die Priorität hatte. Ich war froh, dass er seine Begabung entdeckt hatte und ihr nachgehen konnte. Als EDV-Spezialist war er überwiegend im Kopf beschäftigt. Polarity ist eine körperorientierte Therapieform, welche Energieblockaden sucht und auflöst. Sie basiert auf vier Säulen: Innere Achtsamkeit und Bewusstsein, Ernährung im weitesten Sinne, Polarity-Yoga als Körperdisziplin und schließlich die Körperarbeit mit dem Therapeuten. Nach der zweijährigen Ausbildung war mein Mann in jeder Hinsicht wie verwandelt. Er selbst sprach oft darüber und ich merkte es auch deutlich. Jérôme und ich profitierten natürlich davon. Während der täglichen Körperpflege konnte mein Mann durch bestimmte Griff- und Haltetechniken Jérôme behandeln und es tat ihm sichtlich gut. Dabei korrigierte er kurzzeitig Körperfehlhaltungen, die besonders durch die Skoliose bedingt waren. Wenn man Jérôme bei solchen Sitzungen beobachtete, sah man ihn entspannt, zufrieden und glücklich. Er ist sicherlich der Patient, den mein Mann am längsten behandelte. Er spricht sehr stark auf Berührung an und wir fragen uns immer wieder, warum es nicht möglich ist, statt der teuren mechanischen Hilfsmittel, mehr Manualtherapien einzusetzen, die von den Kassen finanziert werden. Wozu hat der Mensch zwei wunderbare Hände, mit denen er viel bewirken kann? Dies wäre auf lange Sicht auch kostengünstiger.

Mit nur zwei Händen hat auch eine Therapieform viel gewirkt, die Chirophonetik, bei der mit Sprache und Berührung gearbeitet wird. Diese wurde von einem Heilpädagogen auf der Grundlage der Anthroposophie entwickelt. Über die Haut des Rückens werden Formen gestrichen, wie sie sich beim Sprechen als Luftströmungen im Mund bilden. Dazu spricht der Therapeut den jeweiligen Laut. Auf diese Weise erfuhr Jérôme die Sprache nicht nur hörend, sondern konnte sie auch tastend wahrnehmen. Nach ein paar Sitzungen merkte man deutlich, dass Jérôme neue Vokale zu sprechen begann und, wenn er sich vergaß, sogar neue Worte. Er war nach den Sitzungen fröhlich und zufrieden und schrie vor Freude jedes Mal, wenn der Therapeut bei uns klingelte.

Clara, die Tochter einer Freundin, war als Kind von Jérôme fasziniert. Sie stellte viele Fragen: warum ein Rollstuhl, wie füttert man ihn, wie wickelt man ihn. Für Ihr Alter, sie war damals etwa 8 Jahre alt, erstaunlich. Normalerweise waren die anderen befreundeten Kinder nur mit ihren eigenen Spielen beschäftigt, nicht mehr. Aber dieses kleine Mädchen war einfach anders und einmal als wir alle am Tisch saßen, sagte sie laut „Jérôme und ich, wir kennen uns seit langem und viel länger als ihr". Sie war dennoch ein paar Jahre jünger als unser Junior und ich dachte damals, was wird wohl aus ihr werden. Heute ist sie eine junge hübsche Frau, sie studiert einen Heilberuf und ich lasse immer ihre damalige Aussage „Wenn ich groß bin, werde ich Jérôme heilen" offen.

Das Leben befindet sich in einem Wandlungsprozess und die Quantenforschung beeinflusst immer mehr unser tägliches Denken. Der Film „Living Matrix“ zeigt wie sich Physiker und Mediziner heute mehr denn je die Hand reichen und bekunden, welche Möglichkeiten wir haben, um heil zu werden. Wer weiß, was noch alles kommt?

Die Tomatis-Methode

Nicht was wir erleben, sondern wie wir empfinden, macht unser Schicksal aus.
Marie von Ebner-Eschenbach

Von allen Therapieformen ist es sicherlich die Tomatis-Methode, die uns besonders viel Hoffnung gegeben hat. Sie hat uns sehr weitergeholfen, auch wenn sie nicht hundertprozentig die versprochenen Veränderungen gebracht hat.

Die Tomatis Methode ist ein System, das von einem Französischen HNO-Arzt entwickelt wurde.

Das Ohr erschließt uns die Welt. Es ist unser wichtigstes Wahrnehmungsorgan. Als Gleichgewichtsorgan verhilft es uns zu gutem Gleichgewicht, aufgerichteter Haltung und harmonischen Bewegungsabläufen. Als Hörorgan gibt es uns Orientierung im Raum und bestimmt die Entwicklung unserer sprachlichen und stimmlichen Ausdrucksmöglichkeiten.

Bei einer Tomatis-Hörkur wird das gesamte Wahrnehmungs-system systematisch angeregt. Musik von W. A. Mozart, spezielle Gregorianische Gesänge und eine Stimmaufnahme der eigenen Mutter wurden bei Jérôme von dem von Dr. Tomatis entwickelten „Elektronischen Ohr“ den individuellen Bedürfnissen angepasst und über spezielle Kopfhörer übertragen.

Bei Behinderungen ist für die Körperwahrnehmung und Körperkontrolle folgendes zu sagen: Jeder Muskel des menschlichen Körpers wird indirekt vom vestibulären System gesteuert. Ein wesentlicher Teil des Vestibulums ist das Gleichgewichtsorgan im Ohr. Durch akustische Stimulation des Ohres wird auch das Vestibulum angeregt. Dies bewirkt oft sehr rasch eine Veränderung im Muskeltonus. Bei Lähmungen und Krämpfen wird z.B. dadurch die Entspannung der betroffenen Körperteile ermöglicht. Außerdem wird die Kommunikationsfähigkeit neu erlangt bzw. verbessert. Körperlich oder geistig Behinderte lösen sich aus ihrer Abgeschlossenheit und finden zu einer offeneren Haltung gegenüber ihrer Außenwelt. Das ist besonders für die autistischen Kinder eine große Chance.

Das Ziel der Tomatis-Methode ist es, die Ursachen dieser Defizite zu ergründen und das System neu zu regulieren. Die Aufgabe besteht darin, den Hörmuskeln ihre volle Arbeitsfähigkeit zurückzugeben und ihr Potential wieder zu aktivieren.

Wir hatten das Glück, einen Termin bei Prof. Albert Tomatis in Paris zu haben. Eine beeindruckende Persönlichkeit. Wie so viele Eltern, die etwas voreingenommen den Medizinern gegenüber eingestellt sind, hatten wir auch diesmal Bedenken und Anspannung vor dem Termin. Wir wurden in sein Zimmer gerufen. Prof. Tomatis thronte hinter seinem Schreibtisch, von seinen Assistentinnen flankiert. Wir nahmen vor ihm Platz, Jérôme auf meinem Schoss. Seine Erscheinung war die eines Königs, der eine Audienz gibt. Ein großgewachsener Mann mit einem ovalen Kopf und einen Schädel glänzend wie gebohnert. Er hatte zwei überaus große Ohren, das Markenzeichen seines Institutes. Seine tiefe Stimme war warmherzig und seine Ausstrahlung vertrauenerweckend. Wir fühlten uns gleich wohler als vorher. Unsere Muskulatur entspannte sich. Er erklärte uns seine Methode und war zuversichtlich, dass Jérôme große Fortschritte machen würde. Er war der erste Arzt seit langem, der sich uns gegenüber positiv äußerte – welches Labsal!

In einer Kabine sollte ich einen Text von Saint-Exupéry auf Französisch vorlesen. Diesen würde man zweimal am Tag mit dem „elektronischen Ohr" Jérôme zu hören geben, dies acht Tage lang. Ich, als Mutter, wurde auch nach dem gleichen Verfahren einbezogen. Jérôme und ich waren getrennt, er in dem Kinderraum mit einer Assistentin, ich in einem Großraum mit anderen Therapie-Teilnehmern. Mit unseren Kopfhörern sahen wir alle wie Außerirdische aus und durften zeichnen, Handarbeit machen, nur nicht lesen. Ich habe in meinem Leben nicht so viel Kreuzstich gemacht, wie bei diesen Sitzungen in Paris. Alle Kreuzstich-Werke zu Hause sind Erinnerungen daran.

Diese „Kur" haben wir dreimal in sehr kurzen Abständen gemacht. Die Resultate hatte ich in einem Notizheft festgehalten: bessere Körperwahrnehmung, verbesserte Verdauung, durchschlafene Nächte, verbesserter Appetit, neuer Wortschatz, bessere Aufnahmefähigkeit der Umgebung und als Krönung der emotionale Zugang zwischen uns war geöffnet worden. Mutter und Kind hatten eine Tür aufgemacht. Und das nach acht Jahren!

Es sei erwähnt, dass es wichtig ist, die Mutter mit einzubeziehen. Man schaut nicht auf das Problemkind, sondern man nimmt auch sich selber wahr. Alles ist miteinander verwoben. Die Mutter ist durch ihr Kind beeinflusst, das Kind umgekehrt durch seine Mutter. Für mich war es sicherlich die sympathischste

Therapie. Ich stand nicht mehr tatenlos daneben, sondern profitierte genau wie mein Sohn.

Aus finanziellen Gründen konnten wir die Therapie leider nicht weiterführen. Die Kurkosten waren hoch, hinzu kam die Verpflegung in Paris. Durch liebe Freunde hatten wir jedes Mal eine Wohnung zur Verfügung. Wir waren unendlich dankbar, auch wenn bei der letzten Reise die Tasche meines Mannes verloren ging. In der Hektik des letzten Tages hatte ich sie versehentlich in die Mülltonne geworfen! Monate später erhielten wir vom deutschen Konsulat in Frankreich eine vollkommen andere alte Tasche mit allen Papieren aber ohne das Geld zurück.

Hippotherapie

Belehren ohne Worte,
Vollbringen, ohne zu handeln:
So gehen die Meister vor.
Laotse, Tao Te King

Die Hippotherapie war die allerbeste Therapie, die Jérôme hatte. Als er acht Jahre alt war, lernten wir diese und eine Therapeutin, damals eine Pionierin auf diesem Gebiet, kennen. Die Reithalle war nicht allzu weit von zu Hause entfernt, so dass wir regelmäßig hinfahren konnten. Einmal in der Woche war dieser Höhepunkt eine feste Institution. Pünktlich jeden Montag, in Vorfreude auf das kommende, schnalzte Jérôme mit Enthusiasmus. Nachdem er von der Schule mit dem Bus nach Hause gekommen war, zeigte er keinerlei Müdigkeitserscheinung, so spannend war die Reittherapie, zu der wir fuhren. Sein erstes Pferd, ein Stute im schwarz-weißen Kostüm, hieß Harisha. Ich bin sicher, dass sie wusste, was sie für all die Kinder, die wie Jérôme auf ihr ritten, bedeutete. Eine Halbgöttin! Diese Stute besucht vielleicht noch heute Jérôme in seinen Träumen. Am Anfang saß die Therapeutin hinter ihm auf dem Pferd. Sie machten beide eine sehr gute Figur und welche Freude war da im Gesicht! Stolz und hochmütig wie d'Artagnan von den drei Musketieren war er. Er strahlte und ich auch. Was für ein Gefühl muss es für jemanden sein, der immer an einen Rollstuhl gefesselt ist, den Wind im Rücken zu spüren? Wenn das Wetter schön war, ritt er draußen auf einem Sandweg, den Bach entlang. Eine kleine idyllische Urlaubsstimmung, weg von den Sorgen und Ängsten. Was wollten wir mehr? Zu erwähnen sei, es war das erste Mal, dass ich mein Kind weit weg von mir sah und nur Zuschauerin blieb. Ungewohnt und schön zugleich. Nach den Sitzungen erzählte er viel, war locker, entspannt und natürlich glücklich. Manchmal hatte ich den Eindruck, dass er sich selber vergaß, er sprach ganze, neue Wörter nach, als wenn es die natürlichste Sache der Welt wäre. Im Alltagsdialog erzählte ich viel von den Pferden und wir lasen viele Geschichten, meistens für Mädchen geschrieben. Einige meiner Nichten ritten und nahmen an Reitturnieren teil. Im Traum sah ich ihn schon mit seinen Kusinen entlang schöner Strände reiten und viel Spaß haben, wie in den Filmen von Rosamunde Pilcher. Wenn ich jetzt diese Zeilen schreibe, höre ich ihn im Nebenzimmer laut schnalzen. Kann man etwas vor ihm verheimlichen? Oh nein! Später als Jérôme ein Korsett für seinen Rücken trug, konnte er dennoch weiterreiten und sogar allein auf dem Pferd sitzen mit Helfern, die das Pferd beidseitig begleiteten und ihn hielten. Das Pferd wurde an der Longe geführt.

Die Hippotherapie ist heute stärker verbreitet und für viele kranke und behinderte Menschen nicht mehr wegzudenken, aber vor ca. 20 Jahren war sie noch eine Rarität. Die Krankenkasse wollte am Anfang die Kosten nicht übernehmen: „Im Katalog der Leistungen nicht zu finden". Damals wurde sie in „Gesundheitskasse" umgetauft und es war auch die Zeit, als sie Kurse, wie Yoga, Qi-Gong, Autogenes Training, Tai-Chi, stark sponserte. Wir versuchten den betreffenden Mitarbeitern klar zu machen, dass die Hippotherapie für die Gesundheit unseres Sohnes sehr förderlich und wichtig sei und legten Rezepte des Arztes vor. Endlich willigten sie ein, mit der Forderung, dass wir alle 10

Sitzungen Bericht erstatteten. Man weiß es ja nie, vielleicht würde Jérôme z.B. auf einmal allein laufen oder die Windeln nicht mehr benötigen! Mein Mann und ich träumten davon, beim nächsten Termin anzukündigen, dass Jérôme die Hippotherapie nicht mehr brauche, da er für die Olympischen Spiele qualifiziert worden sei.

Leider hörte dieser Traum von allein auf. Nach einem Wohnungswechsel fanden wir nicht mehr diese so einmalige Betreuung - Therapeutin wie Pferd - die wir einmal hatten. Heute noch, wenn er das Wort Pferd hört und schnalzt, tut es mir innerlich etwas weh. Wenn er doch heute noch reiten könnte! So bleiben nur die Erinnerungen an eine schöne Zeit. Immerhin hat er neun Jahre diese überaus geduldigen Pferde als Freunde gehabt. Selbstvertrauen und natürlich viel Freude bleiben ihm erhalten.

Craniosacral Therapie

Was die Zukunft betrifft,
so ist deine Aufgabe nicht,
sie vorauszusehen,
sondern sie zu ermöglichen
Antoine de Saint-Exupéry

Die Craniosacral Therapie ist mittlerweile ein wichtiger Baustein in der Alternativmedizin. Abgeleitet wird der Name aus der Flüssigkeitsbewegung zwischen Cranium (Schädel) und Sacrum (Kreuzbein). Diese Rückmarkflüssigkeit, genannt Liquor, umspült unser Zentrales Nervensystem und steht mit dem Bewegungsapparat, dem Nerven- und Gefäßsystem und dem Bindegewebe in engem Kontakt. Jede Veränderung dieser Strukturen kann durch ein körperliches oder seelisches Trauma zu Störungen führen, die Symptome auslösen. Fließt diese Flüssigkeit ungehindert, strahlt der Körper Gesundheit aus. Der Therapeut findet heraus, welche Knochen oder Organe oder sonstigen Strukturen sich nicht mit dem Lebensatem, dem Fließrythmus des Liquor, bewegen und versucht, die entsprechenden Stellen zu lösen und so für freien Fluss zu sorgen. Die Selbstheilungsprozesse werden im Körper aktiviert.

In Freiburg hatten wir die Bekanntschaft einer Craniosacral Therapeutin gemacht, die in Spanien ein Zentrum hatte und in Deutschland hin und wieder unterrichtete. Sofort gewannen wir Vertrauen, dass wir hier einer Therapeutin für Jérôme, damals 15 Jahre alt, begegnet waren. In kurzer Zeit organisierten wir eine

Reise nach Alicante, in die Heimat meiner Vorfahren mütterlicherseits. Die Flugreise machte unserem Jungen viel Freude. Er flog gerne, das Abheben der Maschine kitzelte ihn und er wurde jedes Mal sehr verwöhnt. Ganz genau verfolgte er, was die Stewardess sagte und als sie endlich ein Essen an Bord ankündigte, sagte er ganz laut „APPETIT“ und war ungeduldig. Er musste nämlich mindestens noch zwanzig Minuten warten, was für ihn eine Ewigkeit war. Geduld war nie seine Stärke, meine auch nicht, so dass ich ihn wirklich in dieser Beziehung verstand!

Wir hatten für vierzehn Tage ein nettes Häuschen gemietet. Maria, die Therapeutin, kam jeden Tag und gab Jérôme, je nach seiner Verfassung und Einwilligung, bis zu anderthalb Stunden eine Sitzung. Es ging erst einmal darum, dass Jérôme akzeptierte, am Kopf angefasst zu werden. Mit sehr sanften aber doch wirkungsvollen Griffen behandelt sie ihn. Diese waren so unspektakulär, dass man skeptisch sein konnte. Aber Jérôme machte gut mit, obwohl er oft danach viel schrie. Mit der Zeit gewann er Vertrauen in diese Therapie, freute sich jeden Tag auf Maria und arbeitete wunderbar mit. Er zeigte sich oft entspannt und interessiert. Er knirschte weniger mit den Zähnen und bohrte seltener in der Nase, Angewohnheiten, die er hatte, wenn Spannung und Missmut bei ihm zu groß waren. Wir verbrachten eine schöne Zeit mit den üblichen Anforderungen, was Jérômes Betreuung anging. Diesbezüglich hatten wir keinen Urlaub. Unsere Rückkehr brachte die größte Überraschung, die mich als Mutter betraf und bis tief ins Innere berührte. Als wir das Auto vom Flughafen nach Hause nahmen, saßen wir, Jérôme und ich, wie üblich hinten. Müde aber glücklich fragte ich ihn, ob es ihm gefallen hatte. Zum ersten Mal schaute er mich mit seinen

Rehaugen tief, bis in meine Seele an und sagte „JA“. Der Blick, mit dem er mich anschaute wäre für jeden von uns normal, aber für ihn verlangte es eine hohe Konzentration und seine Augen trafen meine, es war wie ein Schlag. Große Freudentränen liefen über mein Gesicht und ich wünschte mir, wie bei den Sternschnuppen, dass dieser Augenblick ewig dauern sollte. Nie mehr hat er mich mit einer solchen Intensität und Direktheit angeschaut. Hier sei erwähnt, dass er vorher nie jemandem direkt in die Augen schaute, sondern immer vorbei. Ein flüchtiger Blick sozusagen. Doch dieser Moment wird für mich immer zu den bewegensten gehören.

Der Alltag des Jugendlichen

Freude ist das Geheimnis
Lerne reine Freude kennen, und du wirst Gott kennenlernen.
Sri Aurobindo

Der Alltag wurde in diesen mittleren Jahren vom Rhythmus der Schule und von Therapien geprägt. Es war auch eine Zeit, in der wir, Jérôme und ich, daran gewöhnt waren, in der Woche allein miteinander zu leben. Mein Mann war immer wieder beruflich unterwegs, manchmal über mehrere Tage. Das war auch für ihn nicht einfach. Jérôme distanzierte sich innerlich von ihm, ja er war sogar etwas ängstlich, wenn er den Schlüssel in der Tür hörte. Er hatte sich daran gewöhnt, dass nur ich für ihn da war und seine Wünsche (fast) einwandfrei durch seine Mimik verstand. Er zeigte sich eifersüchtig, meine Aufmerksamkeit galt jetzt nicht mehr ihm allein. Seine Meinung brachte er mit Schreien bzw. Missbehagen zum Ausdruck. Wir hatten uns in einem Wohlfühlbereich eingerichtet. Obwohl ich seinen Vater manchmal sehr vermisste, versuchte ich, das Beste daraus zu machen. Die Routinearbeit - wickeln, baden, füttern, zur Therapie fahren, spielen - schluckte viel Energie. Wir hatten dennoch viel Spaß miteinander und lachten reichlich. Trotzdem war ich abends oft sehr erschöpft. Mein Mann konnte, wie viele Männer, entschuldigen Sie liebe Lebenspartner, nicht differenzieren, dass ich ab und zu ausgelaugt war. Wie könnte er auch! Die Kunden, die er betreute, brauchte er abends nicht zu füttern und sie schrien nicht die ganze Zeit, wenn es Probleme zu lösen galt. Ich gebe zu, des Öfteren war es etwas ätzend. Ich war mit meinem Kind verheiratet und mein Mann mit seiner Arbeit. Heute lachen wir darüber.

Spaziergänge waren je nach Witterung fast immer ein Muss. Als Jérôme klein war, bin ich so oft wie möglich mit ihm in die Natur gefahren. Da Jérôme sehr rezeptiv und sensitiv ist, konnte ich ihm keine größere Freude machen, so dass er mit den Bäumen und den Tieren kommunizieren konnte. Da herrschte Ruhe im wahrsten Sinne des Wortes. Der Aufwand lohnte sich. Jérôme genoss es und ich auch. Mit zunehmendem Alter wurde jede Ausfahrt komplizierter: das Anziehen dauerte länger, das Tragen, er wurde für mich allein zu schwer. Da wir das Glück hatten, naturnah zu wohnen, ging ich von zu Hause aus, seinen Rollstuhl schiebend, durch die Felder. Im Winter, wenn am Boden viel Nebel herrschte, konnte ich nicht auf den Berg fahren, um die Sonne zu genießen, denn schon bei dem Gedanken, allein mit Jérôme Auto zu fahren, musste ich aufgeben. Ein- oder zweimal habe ich es dennoch versucht, doch das ging über meine Kräfte. Die Sonne zu genießen entschädigte mich ein wenig. Ohne die Hilfe meines Mannes, der beruflich unterwegs war, mussten wir uns oft mit kleinen Ausgängen um das Haus herum begnügen.

Doch bei schönem Wetter war es selbstverständlich, dass wir hinausgingen. „Muss das sein?" fragte mein Mann in einem Ton, mit dem man eine Belastung zum Ausdruck bringt. Dann folgte stets ein Dialog, wie man Jérôme kleiden sollte, zu warm, zu wenig, zu luftig, Mütze oder keine Mütze, Schal oder nicht und, und, und. Als Eltern waren wir nie müde, das Gleiche zu wiederholen, als wenn wir nicht gewusst hätten, was der andere meinte. Ein Teufelskreis und Jérôme mitten drin, der nicht flüchten und uns seinen Missmut ins Gesicht schreien konnte, dass wir ihn nervten. Ja, das haben wir nie gehabt, ein pubertierendes Kind, das seine Zimmertür laut zuschlug und uns in seiner Wut respektlos antwortete. War das ein Segen für uns?

Ich hatte unter Umständen zu viele Strukturen in diesem Alltag. Aber es war einfacher für mich. Vielleicht wäre es anders gewesen, wenn Familienmitglieder ums Eck gewohnt hätten und zur Hilfe da gewesen wären. Aber ich war nicht der Mensch, der viel Zeit zum Bedauern brauchte. Die nächste Therapiestunde stand vor der Tür und ich musste sie öffnen. Oder ein Infekt ließ Jérôme im Bett liegen und das Programm war schon von allein gegeben.

Als Jérôme sehr klein war, erzählte ich ihm viele Märchen und Geschichten. Auch wenn er in dem aufgeschlagenen Buch die Bilder nicht anschaute, nahm er sie auf seine Art wahr. Oft fuhr ich auch mit ihm zu Buchhandlungen und er genoss sichtlich die Umgebung. Ich fühlte mich selber immer wunderbar zwischen Büchern und erinnere mich noch heute mit Freude, wie ich als kleines Mädchen ein Buch kaufen durfte und schon gleich in der Buchhandlung in einer Ecke zu lesen begann. Das frisch erworbene Buch war so spannend! Vielleicht hat Jérôme diese Vorliebe geerbt? Auf jeden Fall blieb er in seinem Buggy bzw. Rollstuhl ganz still und wartete, bis ich mich entschied, dieses oder jenes Buch zu kaufen. Meistens war die Atmosphäre in diesen Geschäften gedämpft. Jeder war mit seinen Gedanken bei sich. Man sah es den Leuten an. Ab und zu gab er ganz laut Signale von sich, so dass manche aus ihrer Träumerei aufgeschreckt wurden. Nachdem sie sich vielleicht wunderten, dass ein so kleines Wesen so schreien konnte, fanden sie lächelnd zu ihrer Lektüre zurück.

Organisiert, wie ich war, hatte ich auch Zeiten für mich, in denen ich meine Interessen verwirklichen konnte. Im Hobbyraum unseres Domizils eröffnete ich ein kleines Edelsteinparadies, hielt Vorträge und verkaufte diese schönen Juwelen. Ich nahm Jérôme oft mit in diese Ali Baba Höhle und er saß ganz gemütlich auf einem großen Sitzkissen. Es war meine Ruhephase und Jérôme beobachtete das Geschehen um sich. Ich erzählte ihm über die Heilwirkung der Edelsteine und gab ihm kleine Exemplare zum Anfassen in seine Hände. Es amüsierte ihn sehr. So empfing ich oft meine Kundinnen und Kunden. Wenn sie sich z.B. nicht zwischen zwei Steinen entscheiden konnten und laut den Namen des Einen nannten, hörte man im Hintergrund Jérôme ein lautes JA sagen. Dann kauften die Kunden den von ihm gewählten Stein. Ein zuverlässiger Mitarbeiter! In diesem Energiefeld strotzten wir vor Lebenskraft und ich machte dies, so lange ich ihn allein über die Treppen tragen konnte. Er war schon ca. 15 Jahre alt, wenn auch von zierlicher Gestalt. Besonders das Hinabsteigen verunsicherte mich zusehends. In der Not half mir mein lieber Nachbar. Jérôme mochte ihn sehr, doch sah er in seinen starken Armen etwas verloren aus.

Wenn es mir gut ging und meine Zeit es erlaubte, setzte ich ihn ins Auto und wir fuhren in ein Restaurant oder Café, um unter Menschen zu sein oder wir besuchten Freunde. Bis auf die schon erwähnten Schwierigkeiten beim Autofahren freute er sich riesig. Wieder einmal war er froh, dort wo wir hinkamen, der Mittelpunkt zu sein. Er schnappte bei diesen Gelegenheiten Worte auf, die er kannte und wiederholte sie, wie aus der Pistole geschossen. Viele schauten auf ihn, manchmal bekam er eine Kleinigkeit geschenkt - Jérôme strahlte. Übrigens schenken: es geschah oft einfach aus purer Freude oder aus Mitleid. Wenn wir unterwegs waren, war der erste Schritt immer, den Rollstuhl aus dem Auto zu nehmen. Fast schon automatisch absolvierte ich die notwendigen Handgriffe. Jérôme blieb so lange im Auto, bis ich ihn in seinen Stuhl setzten konnte, zurechtrückte und anschnallte. Es war wie ein Checkup in der Pilotenkabine eines Flugzeuges, wenngleich wesentlich kürzer. Einmal beobachtete eine ältere Dame das ganze Geschehen, machte ihre Tasche auf und gab eine Münze für das kleine „arme Bübchen", damit ich ihm eine Brezel kaufen konnte. Wie nett!

Wenn Jérôme in der Schule war, hatte ich wie jede Mutter allerhand zu tun. Die Hausarbeit konnte ich immer erledigen, auch wenn Jérôme daheim war. Mit dem Aufräumen seines Zimmers hatte ich sowieso große Vorteile gegenüber anderen Müttern. Dieses Zimmer war und blieb immer in bester Ordnung. Oftmals hörte ich, wie manche Freundinnen frustriert und genervt waren, dass ihre Kinder ihr Zimmer wie Schlachtfelder zurückließen und sie mit Verständnis, Liebe oder energischen Worten absolut nichts bei ihren Sprösslingen erreichten. Amüsiert hörte ich einmal eine Freundin sagen, dass sie mindestens wusste, warum sie eine Unfallversicherung abgeschlossen hatte. Von der Tür bis zum Fenster des Zimmers ihrer Tochter (jemand musste doch ab und zu lüften!) war die Stolpergefahr sehr groß. Ich dachte, sie übertreibt, bis zu dem Tag, an dem ich selber die Zimmerlandschaft mit eigenen Augen gesehen hatte. Ich schaute umher, schwieg und drehte mich zu meiner Freundin mit einer Miene um, die keine Erklärungen brauchte und eher Mitgefühl ausdrückte. Wenigstens diese Sorge blieb mir erspart!

Beim Einkaufen zog ich es vor, allein durch die Stadt und in die Geschäfte zu gehen. Diese Ausgänge taten mir einfach sehr gut und so konnte ich in aller Ruhe die üblichen Einkäufe erledigen. In den Kindergeschäften kam oft eine Verkäuferin mit der Frage: „ Suchen Sie etwas?“ Innerlich sagte ich mir „Natürlich, sonst wäre ich nicht hier!“. „Für welches Alter?“. Am Anfang bemühte ich mich, so zu antworten, dass sie verstand, was ich suchte. Nicht so groß, nicht altersabhängig, kein Rollkragen, elastisch, nicht zu grell, nicht zu dunkel, Naturfaser, usw. Geduldig suchten wir zu zweit und hatten oft Erfolg. Und die Verkäuferin strahlte, da sie die Möglichkeit hatte, zu beraten und damit ihren Beruf wirklich auszuüben. Welche Chance gab ich ihr! Doch mit der Zeit sagte ich höflich: „Danke, ich schaue selbst“, denn ich hatte keine Lust mehr, vom Korsett, vom Rollstuhl, von der Zierlichkeit meines Sohnes usw. zu erzählen. Lustig ging es oft auch im Spielwarengeschäft zu. Auch hier die berühmte Frage: „Für welches Alter?“. Doch hier war es schwieriger. Manchmal suchte ich in der Baby- und Kleinkindabteilung, obwohl Jérôme schon mehr als zehn Jahre alt war! Ich antwortete ausweichend, da ich auch hier unser Leben nicht zu lang ausbreiten wollte. Ich lächelte innerlich. Manchmal suchte ich etwas, das quietschte, etwas das er allein in der Hand halten konnte, etwas um die Motorik zu forcieren, nicht zu laut und dennoch lärmerzeugend. Ja, ich konnte ihm keine Freude machen mit einem Spiel „Der kleine Chemiker“ oder mit Zauber- und Malkasten. Und oft kaufte ich Playmobil, spielte mit den Figürchen und erzählte ihm Geschichten dazu. Als Kind hatte ich nicht so viele eigene Spielsachen. Mit fünf Geschwistern musste man teilen und wenn man die große Schwester ist, noch mehr. Jetzt konnte ich vieles nachholen und dachte an das englische Sprichwort: „Es ist nie zu spät, eine glückliche Kindheit zu haben." Ah, wie gut es das Leben mit mir meinte! Ich durfte zum großen Vergnügen von Jérôme spielen. Ich glaube, er brauchte nicht so viel, dennoch war er genügend verwöhnt. Einen großen Vorteil hatte ich gegenüber anderen Eltern. Mein Kind nörgelte nicht an der Kasse oder im Geschäft, um etwas zu bekommen.

In unseren Pausen tagsüber, besonders aber während der Ferien, machten wir viel Musik mit ihm. Wir sangen oder er hörte fasziniert Gitarre, Flöte und nicht zuletzt das Didgeridoo, Instrumente, die sein Vater ihm zuliebe gelernt hatte. Ich spielte gern Klavier, aber nicht unbedingt zur Freude von Jérôme. Viel zu laut war es und manchmal zu hart im Klang. Ich verschenkte es später. Am allermeisten gefallen ihm die tiefen Töne des Didgeridoo und manchmal kann er sogar mit Hilfe meines Mannes eigene Töne produzieren. Wenn er seinen Vater sieht, sagt er „Papa pfff" und bläst ganz kräftig. Wie stolz er dann ist!

In Freiburg hatten wir Gary Thomas kennen gelernt, einen Meister auf diesem Instrument. Er gab Jérôme, wenn auch nur für sehr kurze Zeit, einige Sitzungen mit diesem Blasinstrument der nordaustralischen Aborigines. Volltreffer! Unser Sohn lag bequem auf dem Boden und Gary ging um ihn herum und bespielte mit seinem Instrument gezielt manche Punkte seines Körpers, seiner Aura. Jérôme war so locker danach, dass ich hundertprozentig diese Therapieform für alle Spastiker und Co. empfehlen kann. Manchmal gibt mein Mann in den Pflegeeinrichtungen von Jérôme Mini-Konzerte. Kein Schwerstbehinderter bleibt dem Klang dieses Instruments gegenüber unberührt. Fast ohne Ausnahme ist jeder gefesselt von diesen wunderbaren Tönen, klatscht oder gibt Laute von sich. Jérôme besitzt viele CDs, die er in der Mittagsruhe im Bett mit großem Vergnügen hört.

Eine Zeitlang fuhr ich ihn zu einer spirituellen Gruppe für Kinder. Es wurde gesungen und gebastelt. Mädchen halfen ihm, mit der Hand zu malen. Dort erlebte er etwas Integration und so war er immer sehr aufgeregt, wenn wir in die Straße zu diesem Haus einbogen. Die Lieder, um Gott zu preisen machten ihn sehr glücklich, wie auch die angezündeten Kerzen. Man konnte meinen, er war zu Hause angelangt. Solche Rituale führten wir auch zu Hause durch. Das „OM", das schon in seinem Vorname vorhanden war, sagte er eine Zeit lang automatisch vor dem Essen, ohne unsere Aufforderung. Er hatte es in der Gruppe gelernt und aufgesogen. Nicht nur für uns, sondern auch für Jérôme, waren solche Momente schön und entspannend. Er war sehr andächtig dabei. Irgendwann löste sich die Gruppe leider auf.

Jérôme ist ein guter Beobachter. Ihn interessiert im Allgemeinen alles, was andere machen. Gesellschaft zu haben mit Machern, das begeistert ihn. Wenn etwas zu reparieren ist an seinem Rollstuhl oder anderen Hilfsmitteln ist er sehr neugierig, was und wie man das tut. Dabei sein, man kann es an seinem Gesicht ablesen, macht ihm Freude. Ich nehme ihn auch heute oft mit in die Küche, wo er verfolgen kann, was ich tue. Es gibt natürlich immer etwas zu naschen, was den Reiz erhöht. Nur wenn es zu laut wird, ist er unruhig und schreit noch heute. Ich lernte, fast ohne Lärm zu kochen, um unser Nervenkostüm zu schonen. Abwischen ist für ihn auch eine Strapaze. Dieses etwas quietschende Geräusch hörte er sicherlich oft im Brutkasten, wenn dieser gereinigt wurde. Wir alle tragen Traumen mit uns, können aber manche ganz gut verstecken. Bei Jérôme geht das nicht. Alles legt er auf den Tisch mit seinem Schreien. Er ist sozusagen „à jour", egal wie es bei uns ankommt. Genauso ist es mit dem Fensterputzen bzw. Staubsaugen. Das konnte ich nur in seiner Abwesenheit tun. Prof. Tomatis erklärte uns damals in Paris, dass Jérôme keinen Filter für die Ohren hat und alles sehr „roh" empfängt. Ein Beispiel: wenn wir an einer Baustelle vorbeigehen, nicht nur dass wir schneller laufen, wir „schließen" automatisch unsere Ohren, damit der Lärm erträglich wird. Jérôme kann das nicht. Wir sind lärmempfindlich geworden, hantieren so leise wie möglich. Nur wenn ich Jérôme sage: „Schrei, aber leise", geht er in der Tonlage etwas runter. Andererseits, was raus gehen soll, muss raus. Basta!

Fernsehen, Zeitungen blättern, Beschäftigungen, die manche Behinderte gern machen, sind für ihn unbrauchbar. Eine Heilerin sagte uns, dass es beim Fernsehen für ihn wäre, als wenn er alle Programme auf einmal empfangen würde! Er bekam sogar einmal einen epileptischen Anfall, als ich versuchte, ihm die Kindersendung schmackhaft zu machen! Die Reizüberflutung kann er nicht verarbeiten. Zeitschriften sind uninteressant für ihn, es sei denn, er freut sich über das Rascheln des Papiers beim Umblättern. Was interessiert es ihn, was in der Welt passiert? Hauptsache, er ist glücklich!

Die Ferien

Die wahre Freude ist die Freude am andern.
Antoine de Saint-Exupéry

Das Thema Ferien war ab und zu ein Streitpunkt zwischen meinem Mann und mir. Ich durfte mir wieder einmal allein den Kopf zerbrechen, um herauszufinden, wohin eine Reise mit einem behinderten Kind möglich war.

In den jungen Jahren von Jérôme landeten wir oft in Frankreich bei meiner Familie. Dort wohnten wir bei meiner Schwester, die zwei Kinder in ähnlichem Alter hatte. In einer traumhaften Landschaft oberhalb von Grenoble in den Bergen verbrachten wir immer wieder wunderbare, wenn auch anstrengende Ferientage. Wir schliefen mit Jérôme in einem Zimmer und die Nachtruhe gelang uns nur mit vielen Unterbrechungen. Auch ohne Guide Michelin genossen wir und auch Jérôme eine Sterneküche, denn meine Schwester ist eine hervorragende Köchin und unser Schwager ein wunderbarer Gastgeber. Nur, Jérôme schrie mehr als zu Hause und verlangte Ruhe, was in einer großen Familie ein Ding der Unmöglichkeit war. Der Umgang mit Cousin und Cousine entschädigte für die Mehrarbeit. Sie waren so lieb zu ihm und integrierten ihn ganz natürlich in ihre Spiele. Er war das Baby der Familie, obwohl er etwas älter als seine Cousine Emmanuelle war. Sie und ihr kleiner Bruder Vincent wiederholten alle seine Wörter, suchten seinen Schnuller und forderten ihn immer wieder auf, die einzigen Wörter, die er blubbern konnte, zu wiederholen.

Sie trugen ihn, so gut sie konnten und nahmen sein Anderssein als selbstverständlich an, ohne das Wort Behinderung zu verstehen. Einmal schaute ich Emmanuelle von weitem zu, wie sie Jérôme auf dem Schoss trug. Sie schien mit ihm in einer Diskussion zu sein und ich hörte nur den letzten Satz: „Jérôme, es reicht jetzt. Du bist zu schwer, es wird Zeit, dass Du laufen lernst.“ Und dies mit dem natürlichen Ernst eines Kindes! Sie war auch sehr stolz, Jérôme ihren Schulkameraden in der Klasse vorstellen zu dürfen. Doch leider können Kinder auch direkt und sehr hart sein. Einige mokierten sich, dass Jérôme behindert war und es war sicherlich für dieses kleine Mädchen ein Schock, eine solche Niederlage anzunehmen. Sie blieb ihrem Cousin dennoch treu und handelte weiter, als wenn nichts geschehen wäre. Wie in dem Film „Cousin, Cousine“ war bei meiner Schwester der Treffpunkt der anderen Mitglieder meiner Großfamilie. Taufen, Geburtstage und andere Festlichkeiten waren willkommen, um sich zu treffen und über dies und das zu plaudern. Viele kleine Kinder tobten in der Umgebung, was für Jérôme sehr schön war. Aber manchmal war der Trubel so groß, dass wir mit ihm hinausgehen mussten. Sehr locker waren wir nie, wir hatten immer Jérôme in Visier.

Urlaubswohnungen hatten wir auch in der Bretagne und an der Ostsee gemietet. Jérôme fühlte sich am Meer sehr wohl und auch wir konnten ein wenig auftanken. Die fremde Umgebung machte ihm ab und zu etwas zu schaffen, oder waren wir es selbst, die ihm das vormachten? Wie oft haben wir miserable Matratzen gehabt, von denen der Rücken schmerzte. Manche Urlaubsdomizile waren auch trostlos und dienten sicherlich nicht dem Abschalten vom Alltag. „My Home Is My Castle“ merkten wir alle sehr, wenn wir dann wieder zu Hause waren. Am Strand und auf den Schultern seines Papas, den er jetzt den ganzen Tag hatte, war Jérôme hoch jauchzend vergnügt. Die Reisen hatten sich gelohnt.

Zweimal sind wir auf die Kanarischen Inseln geflogen, hoffend, dass ihm das milde Klima für seine Spastik gut tun würde. Das erste Mal hatten wir ein Häuschen auf La Palma gemietet und er fühlte sich sichtlich wohl. Die Natur um uns herum gefiel uns allen. Er war wie gelöst und sein hübsches Gesicht hatte ausgeglichene Züge. Da wir dort einen Garten hatten, verbrachten wir viel Zeit draußen und die milde Luft machte ihn müde, so dass er gut schlief. Mein Mann hatte seine Gitarre nicht dabei und entschied spontan, im Dorf eine neue zu kaufen. Wir fuhren mit Jérôme in eine Art Bazar, wo viel Essbares und Nichtessbares angeboten wurde. Mein Mann sah eine Gitarre von der Decke des Geschäftes hängen und ließ sich diese zeigen. Jérôme saß ganz interessiert in seinem Rollstuhl und hörte zu, wie sein Vater das Instrument ausprobierte. Eine ältere Dame betrat das Geschäft, sah Jérôme im Rollstuhl und meinen Mann, wie er spielte. Sie blieb einen Augenblick vor den beiden stehen und hörte zu. Dann öffnete sie ihre Tasche, nahm einige Pesetas heraus und reichte sie meinem Mann. Dieser schaute sie erstaunt an und da er kein Spanisch verstand, wusste er nicht, was sie meinte. Mitleid oder Mitgefühl? Ich versuchte mich auf Spanisch zu verständigen und ihr klar zu machen, dass mein Mann nur die Gitarre ausprobierte aber mit einer Mitleidsgebärde bestand sie darauf, dass wir ihren Obolus entgegennahmen.

Einige Jahre später flogen wir nach Lanzarote in eine anthroposophische Einrichtung. Es war unser letzter Urlaub mit Jérôme und ein Fiasko erster Klasse. Unsere Wohnung befand sich in einer schönen Wohnanlage und anfangs hatten wir den

Eindruck, wir könnten wunderbare Tage hier verbringen. Wärmebäder sowie Massagen waren für Jérôme im Programm. Kurz nach unserer Ankunft fingen jedoch Bauarbeiten neben unserem Bungalow an. Keine Ruhe, nur Lärm, Lärm, Lärm. Neben dieser Anlage befand sich eine andere, in der überwiegend britische Urlaubsgruppen untergebracht waren. An manchen Tagen feierten sie ausgelassen mit Wein, Weib, Gesang und lauter Musik bis zum frühen Morgen. Einfach grausam! Auch die Lärmkulisse im Speiseraum bereitete Probleme, so dass wir das Essen in unser Zimmer holten, um es dort in Ruhe einzunehmen. Gott sei Dank genoss Jérôme die Massagen und die warmen Bäder… aber nur für kurze Zeit. Das Schwimmbad schloss wegen Reinigungsarbeiten mindestens für eine Woche während unseres Aufenthalts. Wie man sieht: die häufig gehörten Reklamationen von Urlaubern. Da die Ecke, in der wir wohnten, kein flaches Gelände hatte, konnten wir nur bedingt mit dem Rollstuhl spazieren gehen. Mein Mann und ich machten dadurch zwangsläufig Sport beim Schieben von Jérômes schwerem Gefährt. Bei den dortigen Temperaturen schwitzten wir sehr stark und verloren so manches Gramm auf natürliche Weise. Hätten wir nicht eine sehr nette Familie, auch mit einem behinderten Jungen, kennen gelernt, wären wir nie an die Küste gekommen, um das Meer zu sehen. An einem Nachmittag bot Sylvia an, sich um Jérôme zu kümmern. So hatten wir die seltene Gelegenheit, auch einmal zu zweit am Hafen den Besuch in einem Café zu genießen.

Wir hatten immer weniger Lust, anderswo Urlaubsluft zu schnuppern. Die Umstände waren einfach zu schwierig. Jérôme war nicht mehr so leicht zu tragen und die Rahmenbedingungen boten zu wenig Leichtigkeit und Freude auf das, was man unwillkürlich mit Ferien verbindet.

Was ich bis heute am allermeisten vermisse, ist dennoch der Kontakt zu meiner Familie. Wir mussten aufhören, unsere zahlreiche Verwandtschaft zu sehen, denn wo Jérôme viel Unruhe erspürte, hatten wir kein gutes Gewissen, zumal auch wir etwas von unserem Urlaub haben wollten. Wenn mein Mann seinen Urlaub in Anspruch nahm, konnten wir am besten alle zu Hause entspannen. Ich reduzierte das gewohnte Pensum und wir nahmen unsere Auszeit in gewohnter Umgebung mit Siesta, gutem Essen, Spielen und vielen Spaziergängen. Mein Mann konnte sich erholen und wir hatten alle etwas davon. Als Alternative ergriffen wir später, als Jérôme im Internat war, die Gelegenheit, ein paar Tage wie ein junges Paar ohne Kind in Frankreich zu verbringen, Familie und Freunden zu besuchen und das Wiedersehen in vollen Zügen auszukosten.

Das Thema Ferien wurde mit der Zeit nicht mehr erwähnt. Zu Hause war es bequemer in allen Belangen. Nur auf den Luftwechsel mussten wir verzichten.

Unsere Helfer

„Alles wird gut", posaunt das Positive Denken.
„Alles ist gut", flüstert das Urvertrauen.
Andreas Tenzer

Wollte ich etwas unternehmen oder meiner unregelmäßigen Arbeit nachgehen, brauchte ich hier und da Hilfe. Von außen betrachtet hätte man mich sicherlich als „Glucke“ bezeichnet. Ich war es zwangsläufig, freute mich aber sehr, wenn ich einmal alleine etwas anfangen konnte. Dann vergaß ich für kurze Zeit alles um mich herum und nahm mich selbst wieder mehr wahr. Dafür war ich auf Mitwirkung von außen angewiesen. Einige Versuche hatten wir schon mit Babysittern gemacht aber mit Jérômes zunehmendem Alter wurde es immer schwieriger. Man musste schon Vertrauen haben und einigen Regeln folgen. Jérôme war kein kleines Kind mehr, sondern ein schöner Teenager. Eine Organisation in Freiburg vermittelte junge Leute, oft Studenten, die sich um Behinderte und Nichtbehinderte kümmerten. Die Vermittlung war seriös, freundlich und hat uns gut unterstützt, auch wenn sie nicht immer wissen konnten, wie der jeweilige Betreuer sich einleben würde. Jérôme liebte diese jungen Leute, kaum älter als er, und er freute sich jedes Mal riesig, wenn ich sie ankündigte, allerdings nur bei manchen!

Zum Beispiel bei den beiden Oliver, die wir ins Herz geschlossen hatten. Einer spielte Gitarre zu Jérômes größter Freude. Sie waren erfinderisch und ich war voll Zuversicht für die paar Stunden, die ich abwesend sein musste. Auch Thomas und Markus der Mathematiker, der mir eines Tages sagte, dass Jérôme zählen könne. Es stimmte, er konnte bis 3 zählen! Ah, was hätten wir ohne Euch, geliebte Helfer, gemacht. Sie haben unser Leben bereichert!

Seine erste Betreuerin war Tanja, eine zierliche Studentin. Ich machte mir ernsthaft Gedanken, wie sie Jérôme tragen wollte. Sie war aber die beste von allen, so liebevoll, das Herz am rechten Fleck. Mit ihr hat er das „Tschüss" gelernt, da sie jedes Mal, bevor sie ging, es mindestens zehnmal sagte. Eine bessere Lehrerin hätten wir uns nicht wünschen können. Tatsächlich hat sie an der PH studiert und wir blieben lange in Kontakt. Einfach eine Perle.

Nun, im Paket waren auch Exoten und die ersten Stunden gab ich oft genaue Anweisungen und beantwortete die auftauchenden Fragen. Etwas mühsam, da wir die Helfer manchmal nur für kurze Zeit hatten. Ich besaß schon ein Heft mit den üblichen Hinweisen, wie mit Jérôme umzugehen war. Aber es reichte nicht immer. Manche waren überfordert und so unsicher, dass ich gute Nerven haben musste.

So war es bei einem bayerischen netten Tollpatsch. Er kam immer auf die letzte Minute und immer sehr verschwitzt. Ich kaufte ihm 2 Paar Jogginganzüge und bat ihn, natürlich sehr diplomatisch, sich umzuziehen, bevor er sich um Jérôme kümmerte. Ich stellte mir vor, dass es für Jérôme nicht unbedingt angenehm war, auf dem Arm von nicht sehr gepflegten Personen zu sein. Sein Riechorgan ist nämlich mehr entwickelt als das einiger anderer Menschen. Die Unbeholfenheit dieses jungen Mannes im Haushalt bescherte uns manchmal Scherben und er entschuldigte sich immer mit einem „Oh jemine“. So lernte ich ein neues Wort, da ich es zum ersten Mal hörte und noch dazu von ihm sehr oft. So weit, so gut. Er tat sich immer schwer, aus eigener Initiative etwas zu tun. Ich sprach oft mit ihm über das Leben allgemein und oft von der Energie, die durch uns fließt und jeden auf seine Weise zu Taten bringt und beantwortete geduldig seine Fragen. Er hatte eine schwierige Kindheit und allerlei Probleme. So wurde ich manchmal zu seiner Psychotherapeutin, was in einem gewissen Rahmen in Ordnung war. Ich erinnere mich schmunzelnd an den Tag, als er mit meinem Rad einkaufen fuhr. Ich teilte ihm die Nummer des Zahlenschlosses mit, „346“ und so fuhr er in den kleinen Supermarkt nicht weit von uns. Als er nach langer Zeit nicht zurückkam, fing ich an, mir Sorge zu machen. Wo bleibt er denn? Endlich kam er….aber zu Fuß, ohne mein ziemlich neues Fahrrad! Er sagte mir etwas verlegen und nach ein paar „Oh jemine“, dass er die Zahl des Schlosses vergessen hätte. Ich war natürlich erleichtert. Lieber das, als gestohlen! Ich wiederholte ihm nochmals 346 und er ging. Er entfernte sich von zu Hause und ich hörte, wie er laut versuchte, sich die Zahl einzuprägen „3 6 4, 3 6 4“. Ich rannte ihm hinterher und gab ihm einen Zettel mit den richtigen Ziffern. So verging ein halber Vormittag, an dem er mir eigentlich helfen sollte!

Einmal kam er mit der Bitte, mehr Geld von mir zu bekommen. Wir hatten mit der Organisation einen vereinbarten Tarif. Da ich verneinte, war er auf einmal wütend und wollte sofort gehen. Ich sah keine andere Möglichkeit, als ihn gehen zu lassen, packte seine beiden Jogging-Anzüge ein und wünschte ihm alles Gute. Beim Gehen drehte er sich noch einmal um und sein Frust zeigte sich, indem ihm herausplatzte: „Sie… mit ihrer Energie!“

Ein anderer Exote war ein junger Mann, schwarz wie ein Rabe gekleidet. Als ich die Eingangstür öffnete, um ihn zu empfangen, dachte ich, dass ich es mit einem Versicherungs- bzw. Bestattungsvertreter zu tun hatte, von oben bis unten ganz in schwarz, spitze Schuhe, eine Aktentasche unterm Arm. Ich brauchte ein paar Sekunden zum Realisieren, dass er der neue Betreuer für unseren Sohn war. Er hatte, Sie erraten es, keine Erfahrung mit Behinderten. Ich war diesmal diejenige, die vor der Aufgabe schwitze, ihn einzuweisen. Jeder braucht seine Chance, er auch. So ging ich ans Werk aber nach 3 Tagen hatte ich eine Erholungspause nötig und wir trennten uns wieder. Er konnte gar nicht mit Jérôme umgehen, konnte ihn nicht schreien hören und eines Tages kam er gar empört zu mir und sagte „Jérôme schlägt mich“. Ich erklärte ihm, dass unser Sohn spastisch sei und unkontrollierte Bewegungen machte und dass es nichts mit ihm zu tun hatte. Hoffentlich hat er es mittlerweile verstanden.

Noch eine Episode: Er war der ältester von allen Betreuern und von vornherein schien er mir für die Betreuung nicht geeignet. Es gab keine andere Wahl, so dass ich mich bemühte, ihn zu akzeptieren, wie er war. Unbeholfen und uninteressiert half er mir erst einmal nur beim Tragen ins Auto, wenn wir eine Therapie hatten. Ich war damals oft beschäftigt und unterwegs auf Messen, so dass ich ihn doch mit Jérôme allein lassen musste. Eines Tages, als ich nach Hause kam, war er dabei, Jérôme zu wickeln und als ich sah mit welchem Waschlappen er ihn reinigte, hatte ich nur noch Mitleid mit unserem Sohn. Er hatte ihn mit einem Putzlappen abgewischt, einem der kratzenden Sorte, rau aber Gott sei Dank noch ungebraucht! Er hatte den Putzmittel-Schrank mit Jérômes Wäscheschrank verwechselt.

Zum Glück überwiegen die guten Erinnerungen, die liebevolle Zuwendung von vielen und die Freude von Jérôme, wenn die Türglocke schellte.

TARA

Zu lieben oder geliebt zu haben genügt.
Danach verlangt nichts mehr!
In den geheimnisvollen Wendungen des Lebens
ist keine weitere Perle mehr zu finden.
Victor Hugo

Der unbekannten Tara soll ein eigenes Kapitel gewidmet werden. Ohne Tara wäre unsere Kommunikation mit Jérôme heute ärmer. Eines Tages, im Urlaub wachte Jérôme auf und sagte „Tara". Er war 12 Jahre alt und da ich schwanger war, dachte ich sofort an die ungeborene Seele eines Mädchens, das Tara heißen sollte bzw. wollte. Er ließ nicht locker und sagte mehrmals mit einem verschmitzten Gesicht Tara, Tara. Unser drittes Kind hieß aber David und so blieb Tara weiterhin ein Geheimnis. Wir beschäftigten uns dann mit der buddhistischen Tara, grün, schwarz oder weiß, die weibliche transzendente Boddhisattva des Mit-Gefühls, fanden aber auch hier keinen direkten Zusammenhang. Oder gab es ihn vielleicht doch? Immerhin thront die Statue einer sehr schönen Göttin TARA in seinem Schlafzimmer, die wir vorsichtshalber gekauft hatten. Man weiß ja nie!

Ich wusste auch um die Tara als Taragewicht, zwar weniger poetisch aber realistisch. Tara bezeichnet im Handel das Gewicht der Verpackung eines Produktes. Was hatte das hier zu sagen, was wollte er damit äußern? Jahre später teilte uns eine schamanistische Heilerin mit, dass Jérôme in einer anderen Dimension

Kontakt zu einer Tara hätte. Eine sicherlich schönere Quelle für ein Märchen oder eine Fantasy-Geschichte.

Seitdem ist Tara ein Zauberwort. Fünfzig Mal und mehr am Tag kann er es in allen Tonlagen sagen. Fast wie eine Schallplatte mit einem Sprung. Nur, wo der Knopf zum Ausschalten ist, wissen wir nicht. Er kann sich unglaublich hineinsteigern! Wenn ich selber das Wort Tara mit vielen Erklärungen wiederhole, kann es manchmal klappen, dass er abgelenkt ist und das Wort vergisst… bis zur nächsten Minute! Da er Tara auch für alle Betreuer bzw. Helfer benutzt, haben wir den Namen für all diejenigen, die sich um ihn kümmern, „patentieren“ lassen. Jérôme freut sich, wenn wir sie erwähnen, besonders wenn er z.B. in seine Pflegeeinrichtung geht. Dort gibt es natürlich unzählige Tara's! Hauptsächlich in den Ferien, wenn er zu Hause bleibt, ist sein Durst nach Tara unersättlich. Er dreht sich oft zu mir und sagt mit einem unschuldigen Blick „Maman, Tara“, als wenn es etwas Neues wäre.

Um seine Ungeduld, wieder zu seinen Mitbewohnern und Betreuern zu kommen, nicht zu sehr zu strapazieren, haben wir ein Ritual eingeführt. In einem Kalender wird eifrig jeder Tag angekreuzt, den er zu Hause verbringt, bis zu dem Tag, an dem er wieder geht. Wie die Gefangenen in der Zelle, zählen Jérôme und ich, wie viele Tage es noch sind bis… Der Tag der Abreise ist schon am ersten Tag markiert, so dass wir immer die noch verbleibenden Tage sehen können. Diese Zeremonie macht ihm Spaß und lässt ihn übers ganze Gesicht strahlen. Ich muss zugeben, mir verschafft es die Perspektive, dass der Ablauf sich danach für mich um 180° ändert. Für uns beide steckt also ein Ziel dahinter, aber für jeden von uns trägt es einen anderen Namen. Hauptsache er ist glücklich.

Und so war Tara eine Inspiration für seinen Vater, folgenden Reim zu schreiben:

„Die Ferien haben uns ereilt,
derweil Jérôme zu Hause weilt.
Der „Tara“-Ruf hallt durch die Räume,
die Schulbesuche sind seine Träume!
„Ach, wären die Ferien doch bald vorbei“
das ist Jérômens Hilfeschrei.
Denn in der Schul’, im Internat,
man Kumpels und die Taras hat.
Zufrieden kann man nur dort sein,
zu Hause schläft man fast schon ein.
Nix los ist bei den Alten da!
Jérôme, er ruft „Tara, Tara“!!
Mit „Appetit, Papa und Tschüss“
Er überbrückt den großen Früs(t).
Und wir, wir suchen ein Programm,
zu unterhalten den kleinen Mann.
Nun sind vorbei die schönen Tage,
zu Ende ist die Ferienplage.
Jérôme zur Schul kann wieder gehen.
Das Leben ist doch wunderschön!!

David

Beherzt ist nicht, wer keine Angst kennt,
beherzt ist, wer die Angst kennt und sie überwindet.
Khalil Gibran

Nachdem ich Schwierigkeiten hatte, Kinder auf natürliche Weise zu bekommen, d.h. ohne Hormonbehandlung, akzeptierte ich das Schicksal, wie es war. Auch wenn ich mir so sehr mehrere Kinder gewünscht hatte, wollte ich nicht die Natur forcieren. Wie es war, war es sicherlich gut, auch wenn ich nicht wusste wozu. Umso mehr war ich überrascht, als ich merkte, dass ich wiederum alle Anzeichen einer werdenden Mutter hatte. Nach dem positiven Test war ich überglücklich und dankbar, dass das Schicksal es gut mit mir meinte. Auf natürliche Weise schwanger zu sein, konnte dieses Mal nur Gutes bedeuten. Andererseits brauchte ich es jetzt nicht mehr so dringend, dieses Gefühl, noch ein Kind zu bekommen. Und so ging ich positiv aber dennoch mit einem etwas mulmigen Gefühl in diese Zeit. Ich war schon 42 Jahre alt und aus medizinischer Sicht gehörte ich zwar zur Risikogruppe, doch das war mir egal. Mit 28 Jahren hatte ich die traurige Erfahrung gemacht, das Kind 14 Tage vor dem Termin zu verlieren, obwohl ich bis zuletzt hervorragende Blutwerte gehabt hatte. In der Zwischenzeit war viel passiert und mein „Bauchgefühl“ sagte mir, dass es andere Parameter gab, die außerhalb des Verstandes lagen. Ich hatte mehr Angst vor den Medizinern, die mir möglicherweise in der Schwangerschaft meinen Traum zerstören konnten. Doch was tun? Erst einmal mit der Familie in den Urlaub fahren und sehen, was kommt. Überwacht konnte ich immer noch werden! Und so vergingen die Monate, in denen ich eine Zukunft mit Jérôme und seinem kleinen Bruder schmiedete und parallel die üblichen Untersuchungen über mich ergehen ließ. Der Traum endete auch hier einige Wochen vor dem Geburtstermin. Das Kind musste mit Kaiserschnitt geholt werden und unser kleiner Sohn lebte nur 2 Wochen. Noch sehr unreif, ging er wie ein Engel von uns und hinterließ unverwischbare Spuren, heilende Kräfte. Unser dritter Junge, der kleine David.

Mein Mann schrieb damals:

„Die erste Begegnung fand im Krankenhaus statt. Unser Sohn David, viel zu früh und unter schwierigen Umständen geboren, lag im Brutkasten. So klein und zerbrechlich wie er war, passte er in eine Handfläche. Doch lange sollte er nicht auf dieser Welt bleiben. Was war seine Aufgabe? Einen Tag vor seinem Abschied, den wir „Tod“ nennen, waren wir – wie jeden Tag – bei ihm, und wie immer hatte er die Augen geschlossen und schlief. Doch dann, als ich ihn ansprach, öffnete er sie plötzlich für einen Moment. Einen Moment, zu kurz, um ihn messen zu können, und doch länger als die Ewigkeit, wie mir schien. Dieser Blick, den nie vergessen werde, war so tief, so stark. Heute noch, nach Jahren, spüre ich ihn noch wie einen „Laserstrahl“ – alles durchdringend und tief wie das Universum. Ich sagte damals zu dem Kleinen: „Schau mal, die Mama ist da“. Wie durch ein Wunder wandte er den Kopf zu Elisabeth um, die auf der anderen Seite des Brutkastens stand, und schaute auch sie an.“

Seine leuchtenden Augen durchdrangen mich. Die Zeit blieb stehen, und in diesem Augenblick fühlte ich mich außerhalb von Zeit und Raum, erfüllt von Glückseligkeit und Licht. Diese telepathische Kommunikation, die ich wahrnahm, erfüllte mich und war zu mächtig, um sie zu beschreiben. Dieser Blick schien uns wie ein Traum und war für uns beide Begrüßung und Abschied zugleich. Einen Tag später verließ David diese Welt.

In dieser turbulenten Zeit, körperlich und seelisch, hatte ich kaum Augen für Jérôme. Er wurde oft von einer Freundin betreut und ging ganz normal weiter in die Schule. Und das außergewöhnliche dabei, er war in bester Verfassung. Normalerweise war das für ihn in den Herbst- und Wintermonaten nicht üblich. Immer war ein Infekt unterwegs. Doch er blieb bis zum Frühling gesund und fröhlich. Er hatte mit Sicherheit gespürt, dass ich diese Trauerzeit für mich brauchte. Nachdem er für die Schule abgeholt war, konnte ich in der Tat meinen Tränen freien Lauf lassen und ich war unendlich dankbar dafür. Ich bekam Hilfe von außen, so dass ich Stunden des Rückzugs für mich hatte. Und das Allerwichtigste: Jérôme zeigte mir, dass er mich nicht immer so sehr brauchte, wie ich gedacht hatte. Eine wunderbare Erkenntnis. Er hatte alles verstanden und ich hatte plötzlich ein großes Kind vor mir und eine unendliche Traurigkeit, die etwas Zeit benötigte, um sich in liebende Zuversicht zu verwandeln.

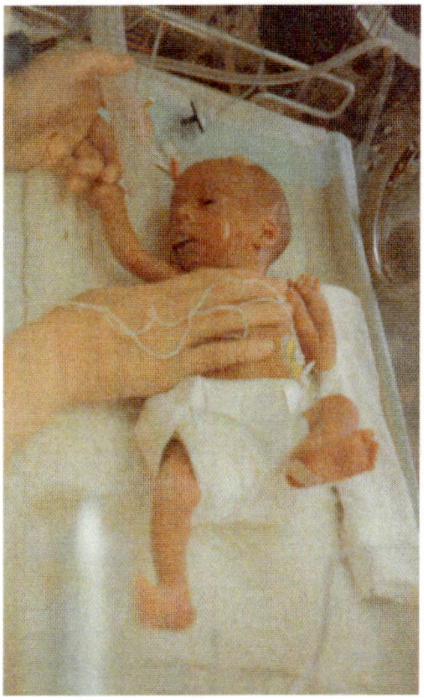

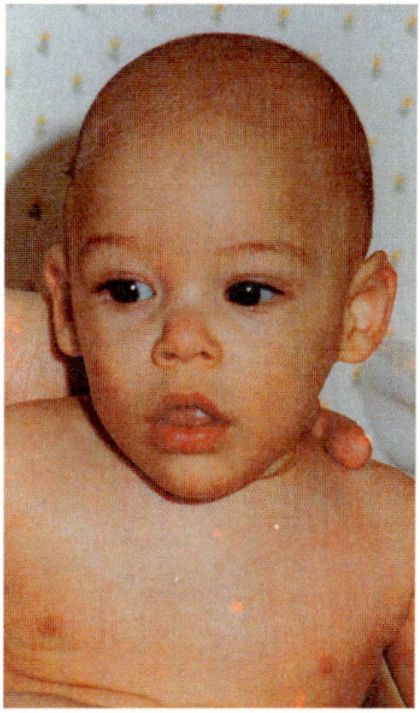

Der Start ins Leben

„Little Buddha"

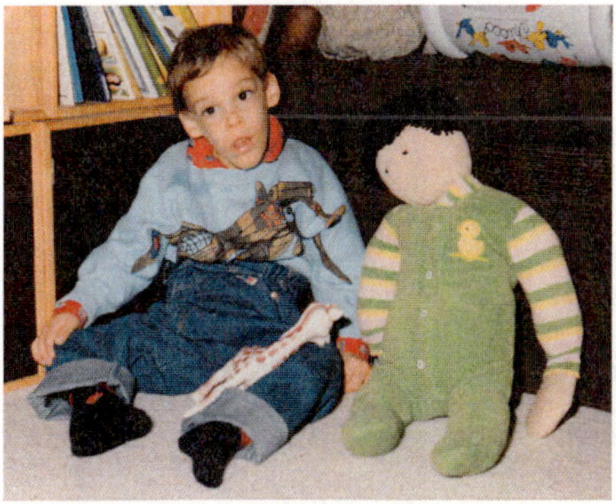

Victor, die erste Puppe

Im Kindergarten

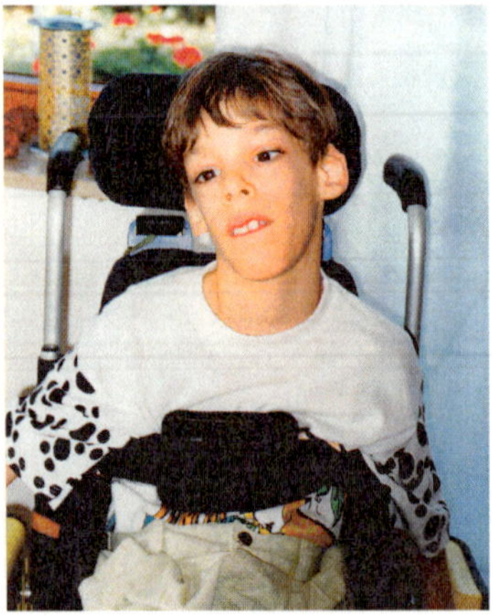

Der erste Rollstuhl

Mit dem Äffchen „Jocko“

Urlaub in der Bretagne

Die „Tomatis-Kur“ in Paris

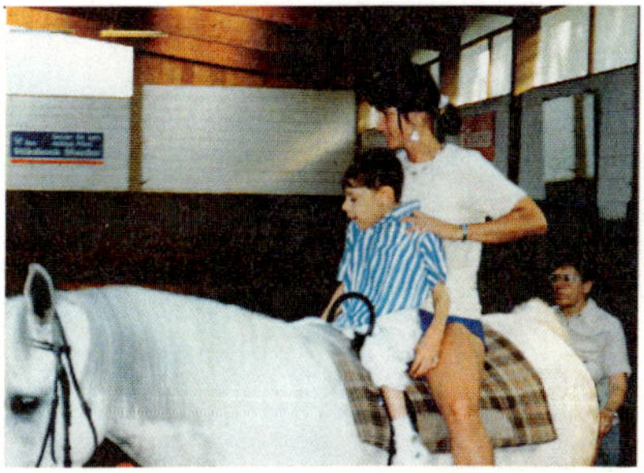

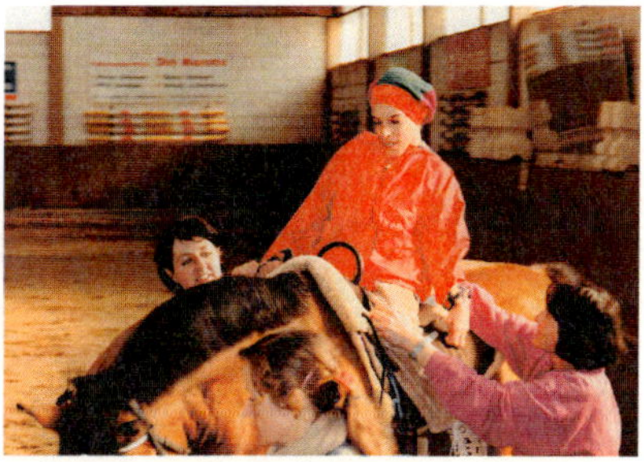

Die Reit-Therapie ohne und mit Stützkorsett

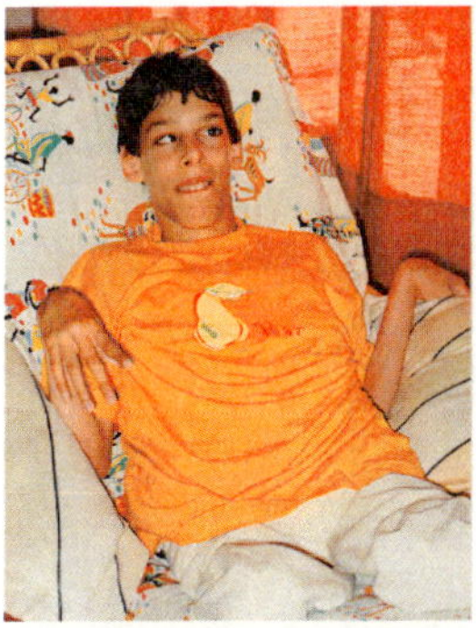

In Spanien nach einer
Craniosacral-Sitzung

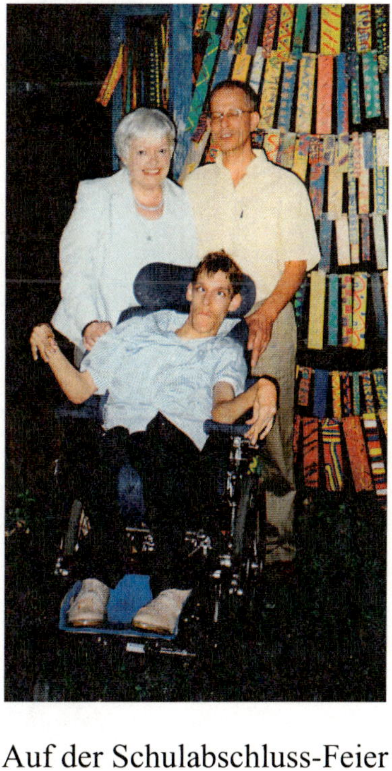

Beim Malen in der Schule

Auf der Schulabschluss-Feier

Jerome ist nun schon erwachsen

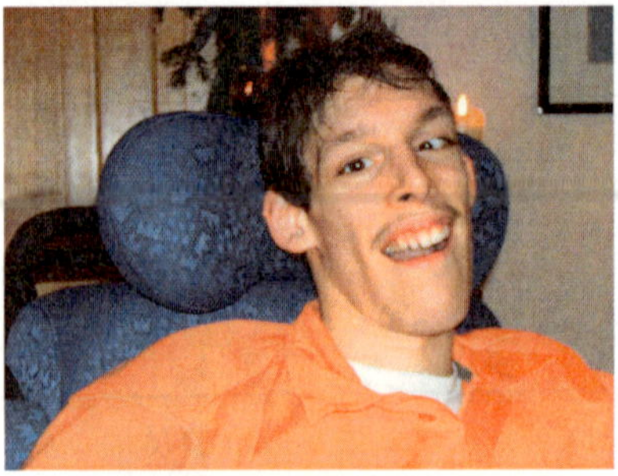

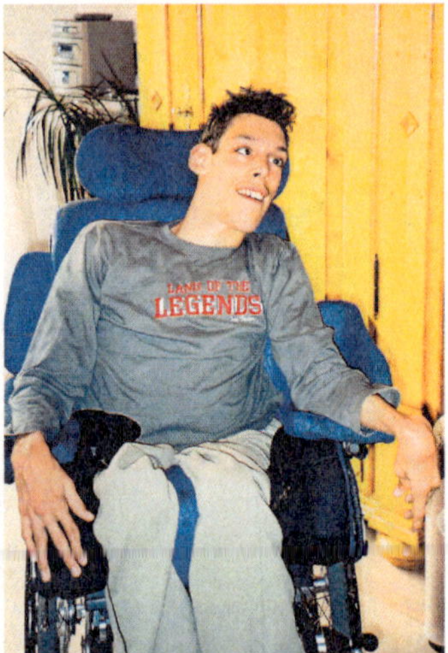

IV - Der Erwachsene

Die Hilfsmittel

Es sind nicht die Dinge an sich, die uns beunruhigen,
sondern unsere Sicht der Dinge
Epiktet

Bis Jérôme zur Schule ging, hatten wir ihn draußen in einem Buggy transportiert. Es war noch möglich, da er mit seinen 8 Jahren die Größe eines ca. fünfjährigen Jungen hatte. Im Kindergarten und zu Hause hatte er eine Art Sitzschale aus Kunststoff auf vier Rädern. Das war sozusagen sein erster Rollstuhl. Mit der Einschulung brauchte er einen richtigen, diesmal nach Maß und so ging es los: erstmals zum Orthopäden, dann zum Sanitätshaus. Eine Sitzschale musste extra angepasst und gefertigt werden, die seinen Körper aufrecht hielt. Ich fragte mich: War es jetzt definitiv, dass Jérôme damit in der Klasse der Behinderten seinen Platz finden sollte? Diese Bequemlichkeit, die man ihm anbot, war sie richtig? Doch nach den vielen Gesprächen und Proben sah es so aus. Etwas Besonderes war im Entstehen und das mit sehr viel Sorgfalt. Als der Rollstuhl fertig war und keine Wünsche mehr offen blieben, war ich etwas schockiert. So viel Mechanik, so viel Metall - Jérôme sah darin etwas verloren aus und unerreichbar. Ich hatte die Farbe ausgewählt, wie viele Frauen die Farbe des Familienautos wählen und meine Wahl fiel auf Gelb. Gelb, die Farbe des Transports, wie bei der Post. Ich hatte natürlich schon auf der Straße unzählige Rollstühle gesehen, jedoch nie auf sie geachtet. Als ich zum ersten Mal mit Jérôme einen Spaziergang machte, hatte ich das Gefühl, dass alle uns anstarrten oder von oben bis unten genau musterten. Natürlich war Jérôme das alles völlig egal, es interessierte ihn nicht. Es war einzig meine Vorstellung. Ich musste mich nicht mehr so tief bücken, um mit ihm zu sprechen. Doch mit der Zeit gewann ich an Selbstsicherheit und Routine in der Handhabung dieses ersten Rollstuhls. Was in unserem Sohn vorging, konnten wir nicht erkennen aber er schien einen zufriedenen Eindruck zu machen. Wir zeigten ihm, dass er bequem sitzen konnte und dass wir sehr stolz auf ihn waren. Wie eine zweite Haut ging es jetzt mit diesem neuen Hilfsmittel zu, Jérôme und sein Stuhl wurden unzertrennlich. Die paar Stufen vor dem Hause bewältigte ich problemlos und zügig, noch nicht ahnend, was auf uns zukam. Und jetzt hatten wir nicht nur unser Auto zu putzen, nun kam auch der Rollstuhl hinzu. Die Räder brachten viel Sand und Schmutz ins Haus, besonders bei nasser Straße.

Die Sitzschale des neuen Rollstuhls behielt Jérôme eine ganze Weile, bis sie ihm dann zu klein wurde. Unser Filius wurde größer und sein Gefährt wirkte zunehmend kleiner. Dieses Karussell von immer neuen Fahrzeugen sollte uns alle für die nächsten Jahre sehr beschäftigen. In der Schule waren hin und wieder feste Termine für die Anpassung und Herstellung des nächsten neuen Rollstuhls samt Schale eingeplant und die Betreuer und Krankengymnasten dort kümmerten sich darum. Doch wir waren als Eltern gefragt, um diesen Vorgang zu unterstützen und so war ich fast immer anwesend und gab, wenn nötig, meine Kommentare. Mit den Therapeutinnen wurde genau besprochen, was ging, was unnötig war, was als Verbesserung in Frage käme. Es dauerte jeweils Monate bis sein „Auto“ fertig war.

Als er ca. zehn Jahre alt war, bekam er die ersten Anzeichen einer Skoliose. Und mit damit die Verordnung eines Stützkorsetts. Dieses war nicht als Korrektur gedacht, eher als Unterstützung. Mit dieser neuen Fixierung des Körpers war die Mobilität stark eingeschränkt. Es wurde erstmal ein Gipsabdruck gemacht, was ihm nicht sehr angenehm war.

Das Korsett bestand aus zwei Halbschalen, Vorder- und Rückenteil. Um der Sache einen humorvollen und leichteren Eindruck zu verleihen, nannten wir diese „Rüstung“ einfach Ritter Kunibert. Darüber musste unser Sohn oftmals lachen. Mir war aber das Lachen etwas vergangen. Ich konnte ihn nicht mehr drücken, wie er war, nicht mehr diese pulsierende Umarmung, von Herz zu Herz. Kälte statt Wärme, Härte statt Sanftmut. Der Körperkontakt fand nicht statt, nur wenn er ausgezogen war oder für kurze Momente, wenn das Korsett abgenommen wurde. Ein komisches Gefühl! Daran konnte ich mich nicht gewöhnen. Und er? Mit den Jahren wurde wieder ein neues Korsett verschrieben und wir merkten nur, dass die Materialen, aus denen es fabriziert war, immer besser wurden. Wir hatten Übung in dieser Sache und Jérôme kannte mittlerweile den Prozess des Gipsabdrucks, von kalt zu warm, dann endlich den befreienden Moment, wenn der Abdruck vom Körper entfernt wurde. In Tübingen hatten wir ein erstklassiges Sanitätshaus mit einem sehr netten Techniker, der für Jérôme zuständig war und es war einfach eine Freude, ihn in dieser Angelegenheit wieder zu sehen und zu plaudern. Er konnte hervorragend mit unserem Sohn umgehen. Nicht so familiär und vertraut war ein Besuch im Krankenhaus bei einem Orthopäden, der, nachdem er eine Röntgenaufnahme sah, dringend zur Operation riet. Die Skoliose war fortgeschritten und für ihn kam nur eine Begradigung der Wirbelsäule bzw. eine Fixierung der Wirbelsäule in Frage. Jérôme war noch im Wachstum, er würde dann im Rückenbereich nicht mehr wachsen dafür aber sitzen können! Für den Orthopäden gab es keine Alternative und seine Argumente bewegten sich auf der mechanischen Ebene. Manualtherapie war indiskutabel. Mich hatte dieser Termin stark traumatisiert und es hat lange gedauert, bis ich mich davon befreien konnte. Wie hätte Jérôme eine dermaßen gefährliche Operation körperlich und seelisch überstanden und welche Schmerzen, die er nicht hätte ausdrücken können, wären ihm entstanden? Er hatte solches Vertrauen zu uns, welches sicherlich völlig verloren gegangen wäre. Wir nahmen Abstand von dieser Entscheidung und suchten andere Therapiemöglichkeiten.

Mit der Zeit kamen einige Sonderanfertigungen, wie Stehbrett, Liegekeil und Sondervorrichtungen hinzu. Ich weiß, alles war gut gemeint, war es aber zwingend nötig? Ich stellte mir oft die Frage, wie eine Beeinträchtigung des Körpers besser werden könnte, wenn man dieser noch mehr Unterstützung mit Mechanik anbot. Jérôme war so festgehalten und unterstützt in seinem Rollstuhl, dass er kaum die Möglichkeit hatte, seinen Körper wirklich zu bewegen und mit ihm zu experimentieren. All diese Mittel halfen Jérôme zu einer aufrechten und sicheren Sitzposition, doch sie verhinderten vollständig, dass sich sein Körper stärkte und die Muskeln trainiert wurden.

Als er etwas größer wurde, bekam er ein Stehbrett. Das war eine Vorrichtung, in die er hineingestellt und dann mit Gurten fixiert wurde. Der Zweck war, die Beinsehnen zu dehnen, um ihre

Verkürzung durch das viele Rollstuhlsitzen zu verhindern. Es war jedes Mal eine sehr unangenehme Tortur für unseren Sohn. Dabei bekam er auch seinen ersten epileptischen Anfall. Ob das eine klare Aussage von ihm zu diesem Technikzirkus war? Man arbeitete hier mit Gewalt gegen das eigentliche Übel, die Spastik.

Doch trotz solcher Überlegungen sind wir dankbar für manche Hilfsmittel, die uns als Pflegende die Arbeit und Mühe erleichtern. An erster Stelle ist sein Pflegebett zu nennen, das uns erlaubt, ihn mit „Leichtigkeit“ raus und rein zu heben und dies nach achtzehn Jahren Bücken.

Eine Zeit lang hatte Jérôme ein Rollbrett. Er lag darauf auf dem Bauch und sollte sich mit den Armen, wie beim Schwimmen, fortbewegen. Anfangs fand er das sehr amüsant und interessant. Aber dies wurde dann zu anstrengend und er scheuerte sich trotz Schutzhandschuhen die Hände am Boden wund. Hier wäre vielleicht die Animation durch einen Therapeuten zu freien Bewegungen ohne ein solches Brett als Alternative sinnvoller gewesen.

Die Frage nach der besseren Wirkung einer manuellen Therapie sei hier einmal gestellt. Osteopathische Sitzungen wären sicherlich weniger kostspielig für jede Krankenkasse gewesen, waren aber nicht im Leistungsverzeichnis enthalten. Vielleicht waren wir Pioniere mit unseren Ideen von ganzheitlichen Methoden. Hätten wir mehr Mittel zur Verfügung gehabt, hätten wir diese Vorstellungen realisieren und andere Heilmethoden anwenden können. Betteln bei der Krankenkasse brachte nicht sehr viel. Es sollte wohl so sein.

Ein Hilfsmittel der ersten Klasse für Jérôme ist sicherlich seine Trinkhilfe, welche Betreuer aus seiner ersten Pflege haben machen lassen. Auf einem stabilen Fuß ist ein Rohrstumpf angebracht und ein gebogener Stab. Alles ist aus Aluminium, sauber und stabil. In den Rohrstumpf kann nun ein Glas gestellt und an den Stab ein Trinkhalm befestigt werden. Das ganze steht dann vor Jérôme und er kann damit alleine trinken, welche Freude, welch ein Stolz. Und er trinkt dadurch viel mehr, was wichtig ist.

Epileptische Anfälle

Der Herr ist bei mir, ich fürchte mich nicht.
Psalm 118,6

Ich stand unter der Dusche, als das Telefon läutete. Schnell meinen Morgenmantel übergeworfen und mit noch nassen Füssen hob ich den Hörer ab. Die Krankenschwester von Jérômes Schule war am Apparat und teilte mir mit, dass Jérôme einen Krampfanfall auf seinem Stehbrett gehabt hatte. Ich sollte sofort in die Schule kommen. Auf dem Weg zum Auto nochmals das Telefon. Jérôme hätte einen zweiten Anfall. Ich rief schnell meinen Mann. Er wollte nach Stuttgart für einen Bewerbungstermin. Er annullierte ihn, ich holte ihn aus dem Büro ab und wir fuhren nach Emmendingen. Bis dahin wussten wir nicht, was Anfälle waren. Wir hörten zwar viel von Bekannten oder Betroffenen, dass ihre behinderten Kinder Epilepsie hatten. Unser Sohn war bisher davon verschont gewesen und wir waren nur dankbar darüber, nachdem sie uns immer in heller Aufregung berichteten, wie das für sie war. In der Schule angekommen, sahen wir einen Krankenwagen, in dem Jérôme lag und vom Notarzt versorgt wurde. Wir sollten hinterher fahren, Richtung Krankenhaus. Er war damals 17 Jahre alt und nahm keine Medikamente gegen Krampfanfälle.

Jérôme war beruhigt worden und im Krankenhaus wollte der Arzt mit ihm die üblichen Untersuchungen vornehmen. Wir mussten nur noch auf die Ergebnisse warten. Jérôme war inzwischen ansprechbar und fragte sich sicherlich, was mit ihm los war. Aber wir Eltern waren da und gaben ihm Sicherheit. Innerlich waren wir voller Angst. Er blieb eine Nacht im Krankenhaus und man hatte trotz EEG und CT nichts Auffälliges finden können. Mein Mann blieb in dieser Nacht bei ihm, auf einer Liege in Jérômes Zimmer. Die Aussage, er könne immer wieder solche Anfälle bekommen, bereitete uns Verunsicherung. Mit Diazepam wurde er entlassen und wir fuhren nach Hause mit einem Jérôme, der eher Freude als Kummer im Gesicht hatte. Was war da passiert? Ein komisches Gefühl ließ mich nicht los. Interessant war, dass er den Anfall an dem Tag hatte, an dem mein Mann unsere finanzielle Existenz bei einer anderen Firma in Stuttgart suchte. Wir wollten nicht aus der Freiburger Gegend wegziehen aber nach jahrelanger erfolgloser Suche in seiner Branche, hatten wir keine andere Wahl. Ich war missmutig, sollte ich alles, was ich aufgebaut hatte, für eine Zukunft verlassen, der ich nicht mit Freude entgegen sah? Hatte Jérôme dies gespürt?

Nach der Empfehlung der Klinik sollte unser Hausarzt ihn medikamentös „einstellen“, wie man sich im Fachjargon ausdrückt. Wir waren total verunsichert, da er bis dato in dieser Hinsicht keine Probleme hatte.

Jérôme war fröhlich und so dachten wir, der Anfall wäre ein Einzelfall gewesen. Das Leben ging weiter. Mein Mann hatte seinen neuen Vertrag in der Tasche für eine neue Arbeit und war schon in Stuttgart. Jérôme und ich mussten noch eine Weile in Freiburg bleiben, bis eine geeignete Wohnung in der neuen Gegend gefunden war. Dies sollte ein Vierteljahr dauern! Allein mit meinem Sohn organisierte ich mich, so gut ich es konnte.

An einem Nachmittag, als Jérôme in seinem Rollstuhl saß, merkte ich, dass er sehr ruhig war und etwas blass. Als ich mich zu ihm beugte, fing er an, Zuckungen zu haben. Bis zum diesen Tag hatte ich keinen epileptischen Anfall gesehen, so war ich sehr erschrocken und rief in meiner Panik eine Nachbarin, die sich besser auskannte. Sie kam sofort mit ihrem Mann und wir versuchten, ihm ein Diazepam Zäpfchen zu verabreichen. Doch er war aber so kraftvoll in seinem Anfall, dass es uns nicht leicht fiel. Dieses Zäpfchen bewirkte aber nichts und so rief ich unseren Hausarzt an, der so schnell wie möglich kam. Er gab ihm eine homöopathische Spritze und der Anfall hörte abrupt auf. Jérôme erholte sich, schlief ruhig ein, schrie aber beim Aufwachen. Ich war allein und sehr verängstigt. Mein Mann war geschäftlich in Schweden, erreichbar nur per Telefon.

In dieser Nacht schlief ich nicht, horchte hinter Jérômes Zimmertür und schaute mehrmals nach ihm. Dieses Ereignis hatte für mich die Gewalt eines Tsunami. Ich war mit etwas vollkommen Fremdem konfrontiert worden, war niedergeschlagen und furchtbar deprimiert. Die Nerven lagen blank und niemand war da, mit dem ich reden konnte, der mir bei diesem Problem zur Seite stehen konnte. Einen Tag später kam mein Mann dann glücklicherweise wieder nach Hause. Meine Verzweiflung wich einer Beruhigung, als ich ihn sah. Zu zweit ist es leichter!

Jérôme bekam homöopathische Mittel, Spritzen und Tropfen. Aber was er am meisten brauchte, war Ruhe und Geborgenheit von unserer Seite. Mit etwas Verspätung war er in einer Pubertätsphase und die Hormonumstellung und eine ungelebte Sexualität machte sich bei ihm u.a. durch Anfälle bemerkbar. Er war schon 17 Jahre alt und konnte nicht wie jeder heranwachsende Junge seine

Gefühle mit dem anderen Geschlecht leben und erleben. Hinzu kam, dass er Windeln trug.

Ab da war das Zusammenleben anders. Am Anfang sehr belastend, bis wir in dieser Sache Sicherheit fanden und besonders die Dramatik herausnahmen. Jeder in ähnlicher Situation weiß, wovon ich rede. Ruhe bewahren ist leicht gesagt, war aber für mich in der Praxis nicht immer realisierbar. Mein Mann war für mich wie der Fels in der Brandung und wir konnten uns gegenseitig stärken, auch wenn jeder für sich mit emotionalen Situationen letztlich alleine da stand.

In dieser Zeit erhielten wir eine Einladung zu einem Informationsabend für Eltern und Angehörige von Kindern mit Epilepsie. Ich ging ohne Begeisterung hin und dachte dennoch, dass ich vielleicht einiges lernen könnte. Es wurde fachmännisch viel gesprochen und ausgetauscht. Hätte ich einen Sensor der Gefühle im Raum installiert, hätte er mit Sicherheit oft die Grenze zur Angst signalisiert. Das Thema wurde nur „technisch“ diskutiert. Es drehte sich nur um die medizinische Behandlung und die Symptome. Zu keinem Moment wurde ein eventueller Zusammenhang zwischen Körper und Gefühl erwähnt. Ich verließ den Raum kurz vor Ende der Veranstaltung. Es war für mich einfach nicht mehr zu ertragen. Je mehr Aufmerksamkeit dem Krankheitsbild geschenkt wird, desto mehr verstärkt man seine Wirklichkeit bzw. das Leiden, das war meine Überzeugung. Ärzte, die das Modell Mensch holistisch betrachten, waren leider nicht anwesend.

Ich fuhr frustriert nach Hause, mit der Überzeugung, dass auch im Fall von Jérôme die Psyche eine große Rolle spielte. War es doch die erste Frage unseres homöopathischen Arztes bei Jérômes erstem Anfall gewesen, ob etwas Besonderes vorgefallen sei?

Wir hatten uns nie Selbsthilfegruppen oder Diskussionskreisen angeschlossen, die sich nur mit Krankheitsthemen beschäftigten. Dafür versuchten wir mehr und mehr die Zusammenhänge zwischen Körper, Geist und Seele zu lernen, um Jérôme (und uns selbst) besser zu verstehen.

Die neue Schule

Du bist die Aufgabe. Kein Schüler weit und breit.
Franz Kafka

Mit einem erneuten Umzug Richtung Stuttgart, war klar, dass Jérôme auch eine neue Schule brauchte. Auf Empfehlung seines früheren Schulleiters fanden wir sie am Rande der Schwäbischen Alb bei Tübingen. Wir wollten nicht in eine große Stadt umziehen, sondern Natur in der Nähe haben und keine Hektik, die jede Metropole mit sich bringt. Glücklich war ich nicht aus der Region Freiburg wegzugehen. Doch nach fast zweijähriger Suche hatte mein Mann keine geeignete Arbeitsstelle dort finden können und musste deshalb sein Glück woanders versuchen. Ein Umzug ist an sich nichts Schlimmes, aber mit Jérôme nahm es größere Dimensionen an: Eine geeignete Bleibe, eine neue Schule und neue Therapeuten suchen. Mit 16 Jahren findet man auch nicht so schnell Freunde. In dem halben Jahr, in dem ich in Freiburg mit Jérôme erst einmal zurückblieb, fanden wir einen Bungalow, der rollstuhlgerecht war, alle Zimmer lagen auf einer Ebene. Es war eine anstrengende Zeit: Jérôme weiterpflegen, als sei nichts gewesen und das neue Leben organisieren. Zu dieser Zeit litt Jérôme sehr unter den epileptischen Anfällen, die sich häuften, da er unsere Unruhe und meine Unzufriedenheit spürten. Mein Mann musste, wie gewohnt, in seiner Arbeit funktionieren. Und so gingen ein paar Monate vorüber, in denen ich nicht ein noch aus wusste. Jérôme war für einige Zeit noch daheim, bevor er in die neue Schule fahren konnte. Ich kannte niemanden in der neuen

Umgebung, konnte auch nicht einfach durch die Gegend fahren, um jemand kennen zu lernen und befand mich zwangsläufig in einem Käfig, golden oder nicht, das war im Prinzip egal. Eine Nachbarin besorgte manchmal das Brot oder brachte meine Briefe zur Post. Es war sicherlich auf der ganzen Linie die schwierigste Zeit, die ich erlebte. Ich konnte nicht mehr alleine mit Jérôme fahren. Sein Rollstuhl war mittlerweile zu schwer und wohin mit ihm fahren? Ich fühlte mich sowieso am Ende der Welt angelangt. Die Liebe war immer da, nur hatte sie für mich momentan eine andere Farbe bekommen. Was spielte sich in Jérômes Kopf ab? Hatte auch er Heimweh nach Freiburg?

Endlich kam der Tag der neuen Einschulung. Gott sei Dank war dieser riesige Schulkomplex nur fünf Minuten von uns entfernt, so dass die Busfahrt ihm nicht so viel zu schaffen machte. Ein Begleiter neben dem Chauffeur beruhigte mich ein wenig. Den Rest kannte ich, Vertrauen haben. Wie bei jedem Neuanfang war es notwendig, viele klärende Gespräche mit den Lehrern, Therapeuten und Helfern zu führen. Das war für mich sehr wichtig, ich hatte ja mehr Zeit als ein Berufstätiger. Jérôme profitierte immer davon. Er liebte es zu spüren, dass die anderen ein wichtiger Ersatz für mich waren und fühlte sich so in Sicherheit. Ein Kommunikationsheft war zwar unser wichtigster Freund, ersetze aber nicht die mündlichen Absprachen. Seine Lehrerin machte einen sehr guten Eindruck, war freundlich und die Klasse und andere Therapeuten gaben mir die Überzeugung, dass er in dieser Schule bestens seinen Platz finden würde. Ich konnte dann wieder an mich denken und mich neu in dieser fremden Umgebung orientieren. Welch' eine Wohltat nach neun Monaten, in denen ich fast permanent zu Hause war. Etwas euphorisch machte ich mich auf den Weg. Immer, wenn wir umgezogen waren, nahm ich das Auto und fuhr durch die neue Gegend, ziellos, einfach um Eindrücke zu sammeln. So lernte ich die geographische Lage und die Landschaft kennen. Mein Mann kam immer erst spätabends nach Hause. Diesen Preis mussten wir zahlen, denn wir wohnten fast eine Stunde von seiner neuen Arbeitsstelle entfernt. Berufliche Fernreisen ins Ausland kamen dazu. Ich hatte diesem beruflichen Wechsel zugestimmt, nur unter der Bedingung, dass diese neue Tätigkeit ausschließlich in der Umgebung stattfinden sollte, damit er mindestens abends zu Hause war, um mich zu unterstützen. Doch das war leider nicht der Fall. Ich spürte, dass der Boden unter meinen Füßen schwand. Ich kam mit der Situation nicht mehr zurecht; ständig war ich müde und gereizt. Im Geiste verbindete ich mich mental mit all den Leuten, die pflegerisch für Angehörige tätig waren und war dann nicht mehr so allein. So viele Personen waren in ähnlichen Situationen. Es half enorm, ich bekam mehr Kraft aber trotzdem war der jetzige Zustand auf Dauer nicht tragbar. Jérôme war fast ein junger Mann, wog zwar nicht viel aber genügend, dass ich Schwierigkeiten beim Tragen hatte. Auch das Heben vom Rollstuhl zum Bett oder Sofa war eine Herkulesarbeit geworden. Wie beim Transportieren eines schweren Gegenstandes konnte ich mich nicht bücken, sondern musste mit dem ganzen Körper herunter gehen und heben. Mit Qi-Gong und Tai-Chi machte ich meinen Körper so geschmeidig wie möglich. Doch es war harte Knochenarbeit so etwas mindestens viermal am Tag zu tun. Jérôme amüsierte sich, wie ich ihn manchmal ungeschickt von A nach B trug und wir landeten oft mit einem schallenden Lachen auf seiner Unterlage. Das Anziehen war auch nicht leicht und dauerte jetzt etwas länger. Das Stützkorsett anzuziehen, ohne ihm weh zu tun, hing von meiner guten

Verfassung ab. Manchmal war ich ungeschickt, manchmal lief es sehr gut. Da er seine linke Seite mehr verspannt, musste man gut daran denken, seinen Pullover zuerst mit dem rechten Arm anzuziehen. Wie beim Kasperletheater sah es manchmal aus und Jérôme war im Großen und Ganzen gutwillig dabei und ließ sich wie eine Puppe anziehen. Wenn er einen schlechten Tag hatte (oder ich!), sah es so aus, als wenn ich einen tonnenschweren Körper vor mir hatte und die ganze Prozedur dauerte entsprechend lange. Mental stellte ich mir vor, wie alles von allein ging und siehe da, es war so leicht, das Handhaben folgte dem imaginären Bild.

Wer gut lachen kann, kann auch gut weinen, beides sind Seiten derselben Medaille. Ich war den Tränen nahe. Es musste doch etwas passieren und nach langen Diskussionen mit meinem Mann, entschied er sich, selbständig zu arbeiten, um mehr zu Hause zu sein und via Internet Kunden zu betreuen. Sehr gewagt war das Ganze, aber was soll's. Ich war erleichtert! Eine permanente Betreuerin zu Hause konnten wir uns nicht leisten und wer will unregelmäßige Stunden absolvieren? Es blieb keine andere Wahl. Mein Mann hatte am Anfang einige Kunden, die er betreute. Diese zogen sich jedoch im Laufe der Zeit aus wirtschaftlichen Gründen zurück. Er musste sich für ein halbes Jahr arbeitslos melden. Eine Situation, die wir auch wegen der hohen Belastung durch das Haus schwer zu verkraften hatten. Später hatte er die Gelegenheit für seinen alten Arbeitgeber halbtags von zu Hause aus, frühere Kunden zu betreuen. Jérôme verstand natürlich nichts von alledem, er spürte nur, dass etwas anders war. Sein Vater war mehr präsent in seinem Leben und es war gut so. Ich freute mich, dass er sich ihm langsam aber stetig zuwandte. Ich hatte ihm die mütterliche Seite genügend gezeigt, immerhin siebzehn Jahre lang. Es war jetzt nicht nur normal, sondern erforderlich, dass er mit der männlichen Seite mehr Kontakt hatte. Die ganze körperliche Pflege übernahm nun mein Mann: Wickeln, Baden, Toilette machen. Besonders das Baden am Wochenende war für Jérôme die Krönung. Das warme Bad, das ihn schön entspannte, danach die Massage mit duftenden Ölen, anschließend ein gutes Essen, so hatte er das Programm eines Wellness-Wochenendes. Meine Zuständigkeit war das Kulinarische, die Logistik und ein Teil der Unterhaltung. Es lief wie geschmiert. Jérôme wusste, wo er seine Bitte adressierte und man hörte durch die Zimmer das „Papa“ immer öfter klingen. Ich war im Stande, mehr Kontinuität in meiner Arbeit zu finden und etwas finanziell zu unserem Unterhalt beizutragen.

Jérôme war froh, in die Schule zu gehen, kam aber des Öfteren erschöpft nach Hause. Was er am meisten genoss, waren die Aktivitäten im motorischen Bereich, wie Schwimmen und Übungen auf dem Pezziball. Das Non Plus Ultra war, die leisen Schwingungen auf dem Wasserbett zu spüren, wie auch die stimmungvolle Atmosphäre des Snoezelenraumes[1]. Das Programm war intensiv. Der Unterrichtsplan war mächtig und Jérôme war häufig überfordert. Zuviel Orts- und Personenwechsel? Wie in einem Bienenhaus ging es manchmal zu. Einmal Unterricht in der Klasse, dann eine Therapiestunde in einem anderen Raum, dann Schwimmbad, dann dies und das und zwischendurch Veranstaltungen, die klassenübergreifend stattfanden. Es mag für

[1] Snoezelenraum: angenehmer warmer Raum, in dem man bequem liegend und umgeben von leisen Klängen, Melodien und Lichteffekten ausruhen kann.

andere gut und spannend gewesen sein, aber nicht immer für Jérôme. In einem Rollstuhl mit Stützkorsett hatte er wenige Möglichkeiten, sich körperlich abzureagieren. Mit Schreien, Zähneknirschen und Beißen drückte er manchmal seinen Unwillen aus. Er bevorzugte nach wie vor die ruhigen Momente. Er war zwar gesellig, aber schnell durch die Umgebungsbedingungen gestresst. Er machte dennoch gern mit, wenn man ihn motivierte. Zum Ausgleich waren die Ferien willkommen oder dank einem Infekt, der ihm zwangsläufig die Muße gab, entspannte er sich zu Hause. Therapien außerhalb der Schule hatte er so gut wie nie. Nur in der Ferienzeit kam eine Ergotherapeutin nach Hause. Die Ausgänge reduzierten sich wegen des großen Aufwandes und so verbrachten wir schöne Stunden in unserem kleinen Garten. Da sich das Grundstück abseits von der Straße befand, hatten wir viel Ruhe. Verglichen mit einer Stadtwohnung - ein Paradies!

Und so vergingen zwei Jahre, in denen er einen festen Platz in seiner Klasse hatte. Viele Kinder seines Alters waren schon im Internat untergebracht, was eine enorme Erleichterung für deren Eltern war. Wir zögerten ein wenig und hatten unsere Schwierigkeiten, diesen Weg als geeignet für ihn zu sehen. Mir wurde klar, dass er als Einzelkind bis dahin sehr behütet war. Vertrauen und Loslassen hielten sich aber die Hand und boten eine einmalige Möglichkeit, die der Internatsleiter für höchst wichtig hielt. Er hatte Recht. Mein Mann und ich wurden nicht jünger und Jérôme verdiente als großes Kind diese Auszeichnung, sich von zu Hause abzunabeln, um selbstständig zu werden. Wir meldeten ihn für das folgende Jahr an und bis dahin übten wir uns im Kurs der Zuversicht, dass alles gut war, so wie es war. Jérôme bekam eine Wohnprobe, um dort zu übernachten. Er hatte ein Zimmer allein für sich und die Gruppe gab uns sofort Vertrauen. Wie in einem SOS-Kinderdorf ging es hier zu. Die Betreuer waren männlich und weiblich und ersetzten eine Woche lang die Eltern für die Bewohner. Jérôme schloss Freundschaft mit manchen und er hatte auf einmal eine größere Familie gewonnen.

An diesem ersten berühmten Abend, als Jérôme seine Feuerprobe absolvierte, hatten wir, mein Mann und ich, seit einer Ewigkeit frei. FREI! Zunächst wussten wir nicht wirklich, was wir machen könnten. Würden wir neben dem Telefon sitzen, man weiß es ja nie, vielleicht hätten sie dort (im Internat) eine soooo wichtige Frage oder sollten wir ausgehen? Wir entschieden uns, nach Tübingen zu fahren, um einen Abend zu zweit zu verbringen. Das Internat hatte unsere Handy-Nummer und mein Mann trennte sich nie von seinem Mobiltelefon. Eigentlich konnte nichts mehr schief gehen. Wir gingen ins Kino und anschließend in eine Pizzeria. Das Lokal war nicht besonders. Wir kannten uns in dieser Hinsicht überhaupt nicht aus. Es war unser erster Ausgang allein seit Jahren und es war sekundär, ob wir ein Schlemmerlokal oder eine Kneipe ausgesucht hätten. Nach dem Essen gingen wir noch etwas durch diese wunderschöne Stadt spazieren, bevor wir mit dem Auto wieder nach Hause fuhren. Unterwegs umarmte mich mein Mann und hob dabei den Kopf, um mir etwas zu zeigen. Es war eine wunderschöne sternenklare Nacht und er sagte zu mir: „Schau mal, dieser glänzende Stern“. Ich blickte auf und fing so stark zu lachen an, dass manche Passanten sich verwundert umdrehten und vielleicht dachten, ich hätte einen über den Durst getrunken. Mein Mann hatte eine entfernte Straßenlaterne für einen Stern gehalten. Ich sagte ihm, dass es wirklich Zeit war, ab und zu rauszugehen. Wir hatten keine Übung mehr und auch wenn er mir sagte, dass er seine Brille nicht auf hatte, nahm ich diese Anekdote als Zeichen, dass es Zeit für Jérôme war, sich von zu Hause etwas zu trennen. Und unser Junior verbrachte eine durchaus gute Nacht, wie man uns berichtete. Nun, der erste Schritt war getan. Jeder Anfang ist schwer, birgt aber immer eine große Chance!

Von da an hatte jeder ein etwas stabileres Programm und mein Mann und ich kamen uns fast so vor, wie in den ersten Jahren unseres Zusammenseins. Wir genossen jede Tasse Kaffee oder Tee in vollen Zügen. Ich blieb morgens länger vor dem Spiegel stehen und sah auch wie jede Frau, dass einige Jahre an meinem Gesicht vorbei gegangen waren. Wir erfreuten uns an den kleinen Dingen des Lebens. Ein Einkaufsbummel zu zweit mit allem drum und dran glich einer Safari in Afrika. Wenn es erforderlich war, konnte mein Mann auch etwas länger arbeiten. Niemand rief nach ihm und er musste kein schlechtes Gewissen haben. Und wenn ich nur ein Wort wählen würde, um diese neue Phase zu beschreiben, wäre es SCHLAFEN. Schlafen, schlafen, schlafen. Besonders gegen Morgen eine oder zwei Stunden mehr als sonst, himmlisch! Dieser Zustand war kaum zu beschreiben. Früher standen wir oft nachts auf, wenn Jérôme uns rief. Manchmal wachte er um drei oder vier mit „Tara“ auf den Lippen auf, schlief aber nicht mehr weiter und nach ein oder mehrmaligem Aufstehen in der Dunkelheit wieder einzuschlafen und gleichzeitig weiter zu horchen: Eine Tortur für das Gehirn! Welch ein Luxus jetzt sich der Müdigkeit einfach hinzugeben und weiter träumen zu können. Ab und zu holte mein Mann frische Brötchen und wir frühstückten fürstlich und ausgiebig. Das Essen hatte für uns plötzlich eine andere Qualität. Wir mussten nicht mehr stereo essen: Eine Hand für Jérôme, die andere für sich selbst. Wir lernten Restaurants kennen, die nicht rollstuhlgerecht sein mussten und wir konnten uns ungestört unterhalten. Alles wurde gefeiert und gab uns Kraft für Zeiten, in denen Jérôme uns mehr brauchte. Wir hatten definitiv mehr Zeit füreinander aber für mich war das Wichtigste: wir hatten es geschafft! Geschafft Jérôme das Vertrauen zu schenken, dass er sich in seiner Gruppe sehr wohl fühlte. Wir wollten auf keinen Fall einen „Tanguy“ als Nesthocker zu Hause haben und dieser französische Film löst auch heute noch in mir Heiterkeit aus.

Nach der Schule

Frag nicht, was das Leben dir gibt.
Frag, was du gibst
Alfred Adler

Auch mit Verlängerungsjahren ging die Schulzeit von Jérôme zu Ende. Mit einem Fest endete die Zeit Schule-Internat und nach diesem Abschied kam ein neuer Anfang. Nicht ein Anfang als Student. Er hatte nicht zwischen Paris, Cambridge und Oxford zu wählen, um einen Studienplatz zu bekommen. Er musste keinen Antrag auf ein Stipendium stellen. Sein Weg war schon vorgeschrieben und er musste ihn nicht für eine berufliche Laufbahn ebnen, oder wie viele seiner Altersgenossen eine Reise nach Amerika oder Australien starten, bevor der Ernst des Lebens begann. Wenn an dieser wichtigen Kreuzung Eltern zittern oder sich Sorgen machen, was aus ihren Sprösslingen wird, dann waren mein Mann und ich in dieser Beziehung sehr entspannt. Diesmal ein wahrer Bonus für uns! Jérôme war schon 22 Jahre alt und es ging ohne Unterbrechung weiter, nur sein Status änderte sich. Er ging in die Vollzeit-Pflege für Erwachsene desselben Trägers, der die Schule verwaltete. Der Standort änderte sich und befand sich ca. 10 km von zu Hause entfernt. Was sich auch drastisch änderte, war das Programm. Unter einem Dach hatte er eine Wohngruppe und eine Tagesgruppe, den so genannten Förderbereich. Dies sollte sich als sehr praktisch erweisen, da Jérôme keine Autofahrten mehr machen musste. Er konnte einfach mit dem Aufzug in eine andere Etage gebracht werden. Wir hatten schon Übung mit dem

Internat, so dass dieser jetzige Wechsel für uns alle kein Staatsakt mehr war. Das Hotel „Mama" war nun abgeschlossen. Natürlich waren jetzt auch neue Betreuer für das Wohlbefinden von Jérôme zuständig und er hatte diesbezüglich immer seine Präferenzen. Mit seinem Charme bekam er stets die Freundlichkeit von den jungen Damen zurück. Ich erinnere mich an die Aussage der Tochter einer Freundin: „Wenn Jérôme nicht behindert wäre, hätte er sicherlich viele Freundinnen". Für eine Mutter ein Balsam! Er bekam ein eigenes Zimmer für sich alleine, das von uns eingerichtet werden sollte. Bei dem bekannten schwedischen Einrichtungshaus kauften wir Schrank, Kommode und ein paar Kleinigkeiten in hellem Holz und richteten sein Zimmer so ein, dass er sich hier heimisch fühlen konnte. Ein Pflegebett war schon vorhanden. Ein großer Aufenthaltsraum diente für alle als Wohn- und Esszimmer und Begegnungsstätte.

Die Vollzeiteinrichtung war nun offiziell sein neues Zuhause. Sie kümmerte sich auch um die Wäsche der Bewohner. Ich bestand aber trotzdem darauf, seine Wäsche selber zu waschen. Ich glaube, sie waren froh und eine Mitarbeiterin sagte sogar, dass die Wäsche sonst immer leide. Es sind einfache Kompromisse, die wir persönlich trafen, so dass jeder entlastet war. Häufig kamen die Pyjamas in Patchwort-Art zurück, Ober- und Unterteile passten nicht zusammen. Ist es so wichtig? Anfangs ärgerte ich mich darüber. Wenn Jérôme als Single leben würde, wäre es vielleicht nicht anders, also was soll's! Was die Ernährung betrifft, hatte ich mehr Schwierigkeiten, loszulassen. Zu Hause war Jérôme gewohnt, möglichst ausgewogene Nahrung zu bekommen. Im Winter abends eine Gemüsesuppe machte ihn glücklich und satt. Kalte Speisen bzw. Salate vermied ich in dieser kalten Jahreszeit.

Jetzt war alles anderes. Vieles kam aus der Tiefkühltruhe und man merkte bald an den Pickelchen, die er im Gesicht hatte, dass in dieser Beziehung etwas aus dem Lot geraten war. Nun es ist das Problem von vielen Einrichtungen: zuwenig Budget und kein Ernährungsberater weit und breit. Sind das berechtigte Argumente? Mittags kam das Essen von einer Großküche und abends wurde in der jeweiligen Einrichtung gekocht. Die Betreuer gaben sich sichtlich Mühe aber für uns blieb das Essen leider ein Stiefkind. Von klein auf hatte ich Jérôme eine vielseitige Kost angeboten. Daher mag er alles. Leider war dies nicht der Fall bei seinen Mitschülern oder Mitbewohnern, so dass die Küche sich danach richtete. In diesem Bereich hilft nur ein Umdenken mit konsequenten und fortwährenden mutigen Änderungsschritten. Heute weiß jeder Erwachsene, dass die Ernährung eine wichtige Gesundheitsgrundlage ist und auch mit bescheidenen Möglichkeiten kann man sicherlich den Körper bestens unterstützen. Der einzige Trost: Jérôme ist ja erwachsen und vielleicht würde er sich in seiner Studentbude auch mit Pizza und Co. ernähren!

Der große Unterschied in der neuen Pflege war diesmal, dass er übers Wochenende bleiben konnte und nicht mehr freitags zwangsläufig nach Hause fahren musste. Welch eine Erleichterung! Ab jetzt würden mein Mann und ich ab und zu ein Wochenende nur für uns haben! Langsam aber stetig gewöhnte sich Jérôme daran, dass der Rhythmus sich änderte. Das lief sehr gut. Anfangs holten wir ihn jedes zweite Wochenende nach Hause und besuchten ihn dazwischen. Dann verlängerten wir den Abstand, um ihn später alle drei Wochen zu Hause zu haben. Das Programm war locker und nicht so anstrengend. Tagsüber war er im Förderbereich mit Musik, Basteln, Ergotherapie, etc… beschäftigt. Nachmittags traf er die Wohngruppe wieder, wo auch die anderen Bewohner ihr Domizil hatten. Er war glücklich und kam sehr gelöst nach Hause, auf jeden Fall gelöster als früher. Ich fragte mich schon, wie würde er drei Wochen am Stück verkraften, wenn er schon vom Internat nach fünf Tagen wie erledigt aussah. Interessanterweise war dies kein Problem, was einfach das Zuviel in der Schule erklärte. Ich spreche natürlich nur für ihn. Für manch andere wäre vielleicht das Tagesprogramm zu mager bzw. zu eintönig gewesen. Und für diejenigen, die noch relativ fit waren, fing ohnehin die Arbeitswelt in einer Werkstatt an.

Mehr als drei Jahre hatte er diesen Rhythmus. Von zu Hause zur Vollzeiteinrichtung und wieder zurück. Viel Abwechslung konnten wir ihm nun nicht mehr anbieten. Die körperliche Belastung war deutlich auf unserer Seite und am Wochenende machten wir oft nur ein Mini-Programm, je nach Wetterlage. Er zeigte sich dennoch bester Laune, wenn wir ihn holten. Ehrlich gesagt war ich diejenige, die bedauerte, dass wir mit ihm nicht so viel unternehmen konnte. Ich musste nur meine alten Gewohnheiten aufgeben und ich nahm auch diese neue Zeit gelassener als früher. Wir konnten jetzt ohne ihn vieles unternehmen. Einfach Freunde für ein Abendessen besuchen, ins Kino gehen oder auch mal ein paar Tage nach Frankreich verreisen.

Jérôme hatte genug Übung, was Wechsel anbelangt. Umzüge waren für ihn schon fast Formsache geworden. Hauptsache, er hatte sein schönes Zimmer. Nachdem uns wegen Eigenbedarf gekündigt worden war, stand wieder ein Umzug an und wir fragten uns, warum nicht zurück in unsere geliebte frühere Heimat

Freiburg? Freude war unterwegs und Jérôme spürte dies auch. Wir fanden eine schöne Wohnung am Kaiserstuhl, die auch Jérômes Bedürfnissen gerecht wurde, bis auf ein kleines Problem. Es gibt fast keine Bleibe ohne Treppen. Da wir Jérôme nicht täglich zu Hause haben, trägt ihn mein Mann allein die paar Stufen hoch in die Wohnung oder geht durch den Garten über die Terrasse, wenn er nach Hause kommt. Ich bewundere ihn, mit welchem Durchhaltevermögen und welcher Freude er dies tut. Körperlich kann ich ihm dabei nicht helfen und er sagt selber, dass es weniger anstrengend ist, ihn allein zu tragen als zu zweit. Wir haben dies probiert und er hat Recht. Die Belastung auf den Rücken ist größer.

Dann bemühten wir uns um ein neues Wohnheim für unseren Sohn, welches wir südlich von Freiburg fanden. Wie alle wissen, sind die Plätze begehrt und man kann nur zufrieden sein, wenn man etwas Geeignetes findet. Wir blieben einfach im Vertrauen und zwei Monate später konnte Jérôme auch seinen neuen Heimplatz beziehen.

Jérôme ist flexibel und dies mehr als wir denken. Er arrangiert sich und nimmt das Beste aus der Situation. Was für ihn wichtig ist, ist nach wie vor die Aufmerksamkeit und eine gute Betreuung. Er gibt dann soviel zurück. Fröhlich und mit einem Lachen im Gesicht kann er überall hingehen. Davon bin ich überzeugt und mache mir keine Sorgen. Er ist in seinem Inneren doch erwachsen, auch wenn er nach außen sehr kindlich und bedürftig erscheint. Er liebt es, wenn wir ihn abholen, geht aber genauso gern in die Einrichtung zurück. Wenn man ihn sehen könnte, wenn ich ein paar Zeilen in sein Kommunikationsheft schreibe. Man könnte annehmen, er steigt aus seinem Rollstuhl aus und schreit vor

Freude wie Tarzan. Dieses Mal hat er weniger Mitgefährten seines Alters und beobachtet dann mehr das Tun der Betreuer. Er hat zwar keinen Personaltrainer aber unzählige nette Menschen, die für sein Wohlergehen sorgen. Er ist ein Träumer, aber allemal hellwach, wenn etwas ihn interessiert. Nach wie vor ist er sehr lärmempfindlich und braucht hin und wieder seine Ruhe. Etwas „à la carte“ hat er seinen Tageslauf, aber trotzdem muss er sich anpassen. Ich muss nicht mehr denken, was macht er, sitzt er richtig in seinem Stuhl, ist er gut angeschnallt oder sonstiges. Was für Schreckensbilder hatte ich mir früher ausgemalt! Heute habe ich Vertrauen, dass alles seinen richtigen Weg geht. Und mit richtig meine ich nicht, wie ich selbst es machen würde, sondern dass, was ist, immer das ist, was sein soll. Wer weiß, ob er nicht auch gern etwas anderes präsentiert bekommen möchte. So bin ich dankbar, dass es mit dem Andersleben möglich ist und nicht mehr nach dem Plan fester Gewohnheiten. Es erweitert seinen Horizont und neue Worte kommen hinzu. Und wenn wir Unstimmigkeiten sehen, sprechen wir direkt die Zuständigen an. Diese Vorgehensweise bewährt sich immer und die Korrekturen machen sich fast „von allein“, ohne Groll und Ressentiments. Wichtiger sind die Streicheleinheiten, die er in seinem neuen Zuhause bekommt.

Jeden Sonntag besuchen wir ihn für ca. zwei Stunden. Der erste Gang ist zum Bäcker, wo er seine Butterbrezel kauft. Dann wird vorgelesen oder Didgeridoo gespielt. Er freut sich sehr, seine beiden Eltern um sich zu haben und ich glaube in seinen Augen ein bisschen Stolz zu sehen. In der Zeit, wenn er am Wochenende bei uns weilt, wird er weiterhin verwöhnt. Er bleibt ein Einzelkind und weiß uns umzupolen, wenn wir es vergessen haben! So sieht jetzt sein Wochenende daheim aus. Wir wissen alle, dass die Liebe durch den Magen geht und er bestätigt dies. Essen mit ihm macht Spaß. Ich decke schön den Tisch und werde noch immer mit einem Küsschen belohnt und einen lauten „Lecker“. Er isst gern und gut, wenn man sich Zeit für ihn nimmt und mit einem „Jérôme kaue gut“ gibt er uns eine Mimik zurück, die jede Mutter erfreuen würde. Das Essen pürieren, um alles zu vereinfachen, ist nicht die Lösung. Es schmeckt einfach anders und Kaumuskulatur und Zähne bedanken sich. Ich koche viel frisches Gemüse und dazu kommen Kartoffel- oder Pastagerichte. Sein Favorit Ziegenkäse dazu und Monsieur ist begeistert. Nach dem Mittagessen schlummert er in seinem Bett, satt und zufrieden.

Er liebt es nach wie vor, mit uns Musik zu machen und seinetwegen haben wir auch das Kartenspielen wieder gelernt. Bei einer Tasse Kaffee oder Tee spielen wir Canasta und er guckt zu, amüsiert sich köstlich, wenn ich meine Punkte zähle. Auch wird viel vorgelesen. Was nimmt er von all diesen Erzählungen mit? Ich weiß es nicht, nur dass er alle Worte, die er kennt, wiederholt.

Die Ziele der Spaziergänge sind meistens auf unseren großen Garten begrenzt. Bei schönem Wetter sitzt er unter einem Baum, während ich mich der Pflege meiner Blumen und Kräuter widmen kann. Es wird erzählt, geschnuppert und oftmals gegessen. Wenn mein Mann in guter Form ist, geht er mit unserem Sohn allein die nahe liegende traumhafte Kastanienallee entlang und Jérôme freut sich sehr, denn allein mit seinem Vater unterwegs zu sein, ist für ihn die Krönung. Im Winter sitzen wir abends am Kamin, lesen und hören das Knistern des Feuers. Das ist für ihn eine besondere Attraktion.

Nach wie vor bleiben unsere familiären Gewohnheiten bestehen. Wir erinnern uns alle, wenn wir unsere Eltern besucht haben, waren wir stets die Kinder der Eltern und fühlten uns immer wie zu Hause. Mit Jérôme ist es nicht anders. Es ist eine Expedition, die in ihr Basislager zurückkehrt.

Sylvester

Jeder neue Morgen ist ein neuer Anfang unseres Lebens.
Jeder Tag ist ein abgeschlossenes Ganzes.
Dietrich Bonhoeffer

Wenn je ein Fest uns Unannehmlichkeiten bereitete, so ist es sicherlich Sylvester. Seit der Geburt von Jérôme haben mein Mann und ich nur ein- oder zweimal den Jahreswechsel gefeiert. Warum? Ganz einfach, weil die Umstände sonst ungünstig waren. Welcher Babysitter wollte schon Sylvester freiwillig und allein ein Baby und später ein behindertes Kind hüten?

Ein Fest, zu dem man sich hübsch macht, tanzen geht und feiern möchte, war nicht denkbar. So blieben wir brav zu Hause und in den ersten Jahren bereitete ich ein schönes Dinner für zwei. Ich war damals noch zu jung, um das Wort „gemütlich" zu benutzen, auch wenn die Franzosen diesen Begriff lieben, der nur schwer übersetzbar ist und doch so viel sagt. Ich träumte eher von einem rauschenden Fest! Wir zogen uns dennoch schick an, ich schminkte mich und trug mein Lieblingsparfum. Köstlichkeiten waren bereitgestellt, Kerzen schenkten Stimmung und nach Schallplattenmusik tanzten wir. Um zwölf Uhr nachts stießen wir mit einem prickelnden Glas Champagner auf das neue Jahr an und beschwingt schauten wir von unserem Balkon dem Feuerwerk über Stuttgart zu, schauten nach Jérôme, der fest schlief und gingen mit neuen, guten Vorsätzen ins Bett. Verliebt und glücklich… mit einem „Ah, wie ist das Leben schön!"

Nun, die Jahre vergingen, Jérôme wuchs und wir, oft schon müde vom Tag, holten Spiele jeder Art heraus, um diesen Abend zu möbeln. Das Essen schrumpfte Gang für Gang. Auch unser Outfit folgte dieser Tendenz. Wir schalteten das Telefon aus. Jérôme wachte um Mitternacht mit dem ersten Feuerwerk auf und schlief nur unter Schwierigkeiten wieder ein. Manchmal tauschten wir mit Nachbarn die Neujahrwünsche aus, doch wir blieben nicht allzu lange auf, wohl wissend, dass wir am ersten Januar nicht länger im Bett bleiben konnten!

Einige Jahre später machten wir nur noch gute Miene zum bösen Spiel. Orakel-Spiele lösten die anderen ab. Zunächst blieben wir bis um zwölf wach und genossen die Ruhe unseres Schneckenhauses. Die Jalousien waren schon runtergelassen und wir knabberten an irgendwelchem Zeug. Jérôme war wach und fand keinen Schlaf mehr. Wir ebenfalls nicht. Auch Ohropax konnte nicht helfen, denn wir mussten auf Jérôme lauschen.

Für jemanden, der nicht feiert, kann die Hölle als Vergleich herangezogen werden. Bollerschüsse und das Pfeifen der Raketen muss man ertragen, ohne in den Genuss des schönen Feuerwerks zu kommen. Bei jedem Knall erschreckt Jérôme heftig. Ich bin innerlich so verspannt, dass mein Mann mit seiner Zen-Natur den Spaziergang zwischen den Schlafzimmern übernimmt, um Jérôme zu beruhigen. Wir gehen selber früh ins Bett und genießen die zwei Stunden tiefer Ruhe vor dem „Sturm“. Die Idee, in Lokalzeitungen einen Artikel über Sylvester und die Unannehmlichkeiten für Babys, Tiere, Kranke und Behinderte zu schreiben, scheiterte. Dieses Fest bleibt unantastbar.

Jetzt stehen wir wieder kurz vor einem Jahreswechsel. Dieses Mal, als wenn eine Naturkatastrophe angekündigt wäre, werden wir unser Schlaflager ins Hinterzimmer verlegen und warten, dass das Erdbeben vorbei ist. Die Vorstellung, dass andere ihren Spaß und Freude beim Hinschauen der gelungenen Raketen haben, ist ein kleiner Trost. Wie immer werden wir Geduld zeigen und uns am nächsten Morgen mit verschlafener Mine zum Frühstück ein gutes neues Jahr wünschen…Jérôme wird wie jeden Morgen in der Früh seine Milch reklamieren, wird gewickelt und angezogen. Es ist wie Weihnachten: „Alle Jahre wieder“. Und dies bei einer himmlischen Ruhe, da draußen die Feierlustigen noch schlummern. Der „neue“ Alltag kann beginnen.

V - Die Ressourcen

Humor

Gibt es eine bessere Form mit dem Leben fertig zu werden, als mit Liebe und Humor ?
Charles Dickens

Was wären wir ohne Lachen? Mit dem Satz „Es gibt nichts zu lachen“, wenn die Lage ernst war, bin ich, wie Millionen von uns, groß geworden. Wir lachten natürlich zu Hause oder in der Gesellschaft aber sobald ein Thema, wie Tod, Behinderung, Krankheit, etc. aufkam, war der Ton anders, nämlich todernst und leise.

So war der Anfang von Jérôme nicht unter glücklichen Sternen zu sehen. Ach der Arme! oder die Armen! Wie haben sie das verdient? Wie hätte ein Kind eine Chance gehabt, in dieser Welt mit diesen Sprüchen, seinen Platz zu finden und zwar mit hundertprozentiger Akzeptanz? Ein behindertes Kind! Ein seelisch bedürftiges Kind! (was für eine groteske Bezeichnung) Ein armes Kind! All diese Aussagen mündeten darin, dass ich als Mutter sehr bedauert wurde. Wie konnte der liebe Gott dies zulassen oder war es eine Strafe? Durch die Erziehung angepasst, war ich doch im Innern rebellischer, als ich zugab. Hier hatte ich endlich eine Möglichkeit, etwas mehr von meinem wahren Gesicht zu zeigen. Ich würde lügen, wenn ich sagte, dass ich alles einfach fand, dass alles Friede, Freude, Eierkuchen war, dass ich immer das kleine

Latein wusste. Ich war dennoch glücklich, ein Kind zu haben, so wie es war, aber die Leute glaubten mir ganz einfach nicht. Sie sagten manchmal „sie will die Wahrheit nicht hören". Von welcher Wahrheit sprachen sie? Vielleicht nicht von meiner. Doch welche Chance hatte ich jetzt! Eine riesige! Offensichtlich schwamm ich mit meiner Ansicht gegen den Strom. Es war anstrengend und ich kam mir vor, wie in der Kirche, beim Predigen. Ich glaube nicht, dass mein Mann und ich anders ausgestattet waren, als die vielen Milliarden Menschen auf dieser Erde. Wir mussten uns erst einmal erholen von der ersten Zeit, die mehr als anstrengend und spannungsreich war. Es war trotzdem kein Weltuntergang! Solange man ein Anderssein nicht als „normal" betrachtet, braucht man sich nicht zu wundern, dass man niedergeschlagen und hilflos bleibt. Und wie viele Behinderte sind so glücklich, wie sie sind und bringen Heiterkeit in ihrer Umgebung! Man kann nur staunen, wenn man deren Biografien liest. Was ist normal? Wie oft hat mein Mann liebevoll provoziert mit seiner Aussage: „Ich bin behindert, ich kann kein Chinesisch!" China ist das bevölkerungsreichste Land der Erde. Wäre es nicht normal, die Sprache von nahezu 1,5 Milliarden Menschen zu sprechen?

Ich hatte mit Jérôme kostenlos zu Hause Kurse in schallendem Lachen. Dieses Kind hat es als erster geschafft, diese Ressource in mir auszugraben. Von wegen behindert oder arm! Und siehe da, es funktionierte. Ich brauchte ihn nur lachen zu sehen und ich tat das Gleiche. Und er lachte und lachte noch lauter und ich ebenso. Wir machten fast einen Wettbewerb aus dieser Disziplin. Ich war anschließend besser gelaunt und dieses Ventil half mir enorm im Alltag. Ich freute mich sogar darauf zu wissen, dass der nächste Nachhilfeunterricht im Lachen bald kommen würde. Es war kein

Zwang, es ergab sich von selbst und mir kam immer der Satz von Marie-Jo ins Ohr: „Jérôme ist dein Spiegel". Na dann los Elisabeth! Wir hatten so viel Spaß zusammen aber ich konnte nicht jeden überzeugen, dass es so war. Nur enge Freunde und Bekannten, die unseren Weg kannten, verstanden das.

Mein Mann hat von Natur aus viel Humor, so dass wir alle Drei gut zusammen passen. Manchmal am Ende unserer Weisheit und erschöpft, guckten wir uns an, mein Mann und ich, erst mit einem ernsten Blick und dann mussten wir lachen! Entspannung garantiert! Wir hatten die Dramatik der Situation umgewandelt und es sah danach ganz anderes aus. Wo war das Problem? Humor macht jede Aufgabe leichter, verleiht neue Energie und erfrischt. Das Lachen glich einem Spiel. Ich ahmte das Lachen von Jérôme nach und sagte „Oh, Dein Mund lacht mit" oder wenn er ernst war „Oh, schau der Mund, der fällt runter". Das brachte ihn noch mehr zum Lachen und noch heute mit einem „Lach mal" kommt er in eine bessere Laune.

Jahre später, Jérôme war schon 17 Jahre alt, sah ich im Fernsehen abends einen Bericht von einem Inder, der die Mitarbeiter einer Fabrik mit Lachübungen zum Lachen brachte! Seltsam und dennoch vertraut. Ich recherchierte über diesen Arzt, ein gewisser Dr. Kataria, und siehe da, er wollte in nur drei Wochen nach Stuttgart zu einem Lachkongress kommen. Schon daran gewöhnt, dass es keinen Zufall gibt, meldete ich mich unverzüglich zu seinem Vortrag an. Heiterkeit im Foyer der Akademie. Ich war richtig! Clowns waren dabei, ich dachte, ich hatte vielleicht doch Jérôme mitnehmen sollen! Ich hörte auch andere Vorträge über Humor und Lachen und die ganze Veranstaltung kam bei mir sehr überzeugend an. Dieser Dr.

Kataria gab in Frankreich einige Wochen später einen Workshop, um Lachtrainer zu werden. Ich meldete mich an.

Die Wohltat des Lachens wollte ich jetzt unter die Leute bringen und neben meinen anderen Aktivitäten nahm ich Lachveranstaltungen in mein Programm auf. Dieses Mal ging es darum, das Lachen zu anderen zu bringen. Die Lachübungen machte ich aber vorher mit Jérôme zu Hause und wir lachten ausgiebig. Wenn er mich heute mit zwei unsichtbaren Gläsern in der Hand (Lachcocktail-Übung) sieht, fängt er an zu lächeln und weiß, was kommt. In seiner letzten Pflegeeinrichtung gab ich auch Workshops, um den Mitarbeitern zu demonstrieren, dass man das Lachen wieder erlernen kann, auch wenn man es oftmals vergessen hat. Auch ein Versuch mit Behinderten im Rollstuhl war ein Erfolg. Mittlerweile hat die Lachwelle in Deutschland und anderen Ländern ihren Weg gemacht und ich kann diese Erfrischung nur empfehlen, besonders an kalten Wintertagen. Ich bin nicht immer immun gegen den grauen Himmel an solchen Tagen aber das Auflegen der CD mit der Lach-Meditation bringt mich in Schwung.

Wenn Jérôme an Wochenenden zu Hause weilt, geht es meistens sehr lustig zu. Er trägt keine Maske und hat Freude am Leben und er strahlt seine Unschuld aus. Er lässt stets ein kleines „Loch“ am Sonntagabend zurück, wenn er wieder in sein Wohnheim zurückkehrt. Unser Sonnenschein, unser Clown, unser lachender Buddha.

Loslassen

Wahre Meisterschaft wird dadurch erlangt,
den Dingen ihren Lauf zu lassen.
Laotse, Tao Te King

Loslassen! Ist es überhaupt möglich, als Mutter loszulassen? Und noch dazu als Mutter eines behinderten Kindes? Das Mutter-Prinzip lautet u.a. bewahren und es schien anfangs aussichtslos, dies in das Gegenteil zu tauschen. Ungeachtet dessen ist es doch für mich realistisch geworden, wenn auch nicht sofort. Ein Teil von mir entsprach sehr wohl dem klassischen Mutterbild. Ich hatte aufgehört zu arbeiten, um mich voll und ganz Jérôme zu widmen. Ich erwog in keiner Sekunde, dass ich es anders machen könnte. Wie in der Generation unserer Mütter, ging der Vater zur Arbeit, die Mutter blieb zu Hause bei den Kindern. Sehr klischeehaft, aber mein Gehirn sandte mir damals kein anderes Signal. Vor der Geburt hatte ich schon gearbeitet, hatte Erfolg, verdiente mein eigenes Geld und war froh, erwerbstätig zu sein.

Mit der Geburt unseres Sohnes platzte eine Bombe und hinterließ in allen Richtungen irreparable, gut gemeinte Schäden. Dieser kleine Kerl, so winzig und zart wie er war, revolutionierte mein Zukunftsbild. Er brachte mich plötzlich in die Gegenwart, ohne wenn und aber und ich erlag der Faszination des Mutterseins. Ich hatte gekämpft, um Mutter zu werden und jetzt war es endlich so weit. Unser Kind war geboren und mit ihm eine Vielzahl von Möglichkeiten für mich, die ich sonst nicht im Traum erahnt hätte. Ich gehörte nicht zu den super privilegierten Ehefrauen mit

Dienstpersonal. Mein Mann hatte damals einen guten Job, aber es war klar, dass wir nicht im Luxus schwelgen konnten. Hier lag aber nicht das Problem. Die andere Facette von mir wollte auf lange Sicht sicherlich wieder arbeiten, wieder unter Leuten sein, wieder erfolgreich sein.

Nun, ich wuchs, wie Jérôme, in einem Anderssein und sah plötzlich, welche schönen Möglichkeiten ich jetzt hatte, ohne mich zu verleugnen oder zu amputieren. Es war das erste Loslassen aber damals nannte ich diesen Zustand: Wechsel der Ebenen. Mit der Geburt entstanden, wie man sich vorstellen kann, tausende von Fragen, weniger warum das passierte als vielmehr, wie macht man das jetzt. Jérôme als stiller Führer machte auch seinen Job sehr gut. Die Sterne waren gnädig mit uns, nicht zuletzt auch, weil Jérôme und ich viele astrologische Sternenkonstellationen hatten, die gut harmonierten. Das war ein wahrer Segen. Kleine Prüfungen gab es da, als er noch Baby war, und ich nahm diese Mutproben an, so wie jemand die Aufregung beim Bungee-Springen sucht.

Für einen runden Geburtstag meines Mannes hatten wir Gelegenheit, einen schönen Urlaub zu machen. Immer wie eine Känguru-Mutter Jérôme tragend, wollte ich auch wissen, wie es wieder in der Rolle der Partnerin ist, wieder da zu sein und nur mit meinem eigenen Gewicht zu laufen (es reichte auch so!). Wir brachten ihn nach Frankreich zu einer Tagesmutter in der Nähe meiner Schwester und genossen halbwegs diese Auszeit. Ich war nicht ganz frei in meinen Gedanken, die sich natürlich sehr viel um das Wohlbefinden von Jérôme drehten: fühlte er sich wohl, hoffentlich erstickt er nicht beim Essen, schreit er sehr viel, etc.? Mein Mann, eine Seele von Geduld, beruhigte mich so gut wie er konnte und wenn er sich Sorgen gemacht hat, habe ich es ausgeblendet. Ende gut, alles gut, bei unserer Rückkehr war unser Filius gesund und munter.

Und so gönnte ich mir ab und zu kleine Pausen mit Hilfe von Babysittern. Es wurde nicht immer so praktiziert, wie ich es mir vorstellte, aber diese Pausen waren notwendig. Auch bei meinem Mann hatte ich Schwierigkeiten loszulassen. Er sah nicht immer meine Handhabung im Umgang mit Jérôme und er machte vieles auf seine Weise. Wir hatten manchmal endlose Diskussionen über das Warum und Wieso. Loslassen hat mit Vertrauen zu tun und diese Tugend war längst noch nicht bei mir fest verankert. Gab es darin Lektionen in der Schule? Ich kann mich nicht daran erinnern! Schade! Ich war eher mit vielen „Pass auf" groß geworden. Und jedes Mal sprang ich über meinen Schatten und war danach stolz, zu sehen, dass es auch ohne mütterliche Hilfe ging. Jérôme hatte natürlich die Chance, sich an anderen zu reiben und (vielleicht?) mich zu glorifizieren, wie gut ich war! Wenn er doch nur hätte sprechen können!

Das große Loslassen zu lernen oder auszuüben war jedes Mal gefragt, wenn er in fremde Obhut ging: Kindergarten, Schule, Internat, Wohnheim. Das kleine Loslassen zu lernen war aber auch angesagt, wenn ich für mich Seminare besuchte, wenn ich mich fürs Wochenende unsichtbar machte. Das gab mir ein Gleichgewicht und ich kam mir näher. Jérôme hatte Ferien von mir und es ergaben sich andere Aktivitäten als gewohnt. Auch ein behindertes Kind braucht seine Selbstständigkeit und sein Selbstbewusstsein. Inzwischen geht das Loslassen leichter, denn es ist immer so, wie es sein soll. Sich über die Zukunft Sorgen zu machen oder über der Vergangenheit zu brüten, bringt uns nicht weiter. Es sind nur negative Gedankenschleifen, die ich nicht loslassen will. Festhalten wollen raubt mir sehr viel Kraft und verhindert oft, dass ich in den Genuss einer neuen Erfahrung komme. Wenn ich mich noch heute ertappe, Zweifel in einer Situation zu haben, schalte ich einfach um und springe von diesem Muster ab. Ich wechsle den Sender sozusagen. Mit dem Loslassen landet man prompt in der Gegenwart und nur diese zählt. Eine kleine Empfehlung an alle Mütter, die in ähnlichen Situationen sind: warten Sie nicht zu lange, tun Sie es, jetzt! Es lohnt sich.

Vertrauen

Hoffe nichts und befürchte nichts,
sondern vertraue den Absichten Gottes,
und deinem Willen, sie zu erfüllen.
Sri Aurobindo

Liebe und Vertrauen sind ein gutes Paar. Sie gehen Hand in Hand. Wenn Liebe da ist, kann Vertrauen nicht weit sein. Vertrauen ist die Verwandlung von Angst und Angst kannte ich sehr, sehr gut. Auch heute kommt sie mich manchmal besuchen aber ich kann mit ihr reden und sie besser annehmen.

Vertrauen ist nicht das Gleiche wie Hoffnung. Ich ging eine zeitlang sehr mit Hoffnung einher, bis ich merkte, dass sie mich immer unzufrieden und enttäuscht zurückließ. Hoffnung hat doch mit Erwartungen zu tun und ich hatte sie in großer Zahl. Ich lebte jahrelang in Ängsten und Vorstellungen und setzte mich damit immer wieder unter Druck, als ob alles an mir hinge. Anstrengender konnte es nicht sein.

Und dann wechselte ich zum Vertrauen. Mit ihm kam eine gewisse Ruhe, ich konnte wieder atmen, es lief alles einfacher. Ich handelte aus Liebe und aus dem Moment heraus, ohne mich permanent zu fragen, ob es etwas Besseres gäbe und ob es richtig war. Ich war einfach zufriedener und lief besser in meinen Schuhen. Mit dem Loslassen, der Schwester des Vertrauens, lernte ich schrittweise, dass alles, aber wirklich alles, seinen Platz hat und dass keine Schuldigen zu suchen sind. Das Leben bekam einen anderen Geschmack, mehr süß als sauer und Jérôme als Löwe, dem König der Tiere, konnte nur staunen. Da ich ein sehr emotionales Naturell habe, komme ich häufig in das Dilemma, Angst statt Vertrauen zu haben. Nun, ich weiß es und kann blitzschnell diese Zwickmühle anschauen und wie eine Wolke am Himmel verzieht sie sich.

Vertrauen ist die Tugend, die einem Kind am meisten helfen kann, in seinem Leben Erfolg, Zufriedenheit und Liebe zu allem haben. Man sagt nicht umsonst „Es ist Vertrauenssache“. Mit Vertrauen entdeckst du den Mut, der vielleicht in manchen Situationen nötig ist, um sie zu bewältigen. Wir Eltern von Jérôme haben trotzdem unsere Wünsche und Träume, sind heute aber in der Lage, das anzunehmen, was ist. Die Sicherheit, die wir aus unserem Vertrauen schöpfen, ist für unser Kind ein wichtiger Baustein für seine Entwicklung. Der Weg ist frei gemacht. Da wir sicherlich mit Jérôme osmotischer leben als mit „anderen“ Kindern, ist es natürlich klar, dass er unsere Gefühle besser wahrnimmt. Durch unser Vertrauen schenken wir ihm sicherlich eine Leichtigkeit des Seins, die er sonst nicht hätte. Vertrauen heißt auch, sich nicht um Morgen zu sorgen, dadurch ist für ihn die Gegenwart der wichtigste Moment, wo er mit Offenheit leben kann und das ist es, was zählt.

Dankbarkeit

Wäre das Wort „Danke“ das einzige Gebet,
das Du je sprichst, so würde es genügen.
Meister Eckhart

Das Leben ist ein Drehbuch und jeder von uns spielt darin eine Rolle. Manche Szenen sind lustig, einfach, manche schwierig, andere schlimm oder traurig. Manche Stücke haben von allem etwas und machen das Leben einzigartig und einmalig. Als Schauspieler schlüpft man in seine Rolle und verlässt sie auch wieder. So kommt mir das Leben vor. Wie in jeder Biographie gibt es helle und dunkle Momente, die wir uns nicht aussuchen können. Die Geburt von Jérôme war so ein Ereignis, wo sich Freude und Schmerz vermischten. Was überwog war die Liebe, die ich spontan empfand. Liebe ist für mich ein Gefühl, eine Empfindung, die keiner Qualifikation bedarf. Es ist einfach Liebe und so nahm ich den Start zu einer Reise an, die mein Leben war, einmalig und außergewöhnlich. Mit einer Opferrolle konnte ich mich nie wirklich identifizieren.

Auch wenn ich nicht mit allem einverstanden war, was die medizinische Betreuung von Jérôme angeht, bin ich doch dem Ärzteteam dankbar, das ihn am Leben erhalten hat. Deshalb wollten mein Mann und ich nicht irgendjemanden als schuldig in dieser Geschichte bezeichnen. Jérôme war da, wie er war und das war es, was zählte. Punkt! Andernfalls hätten wir unsere Zeit verloren und ihn nicht sofort akzeptiert, wie er war. Auch wenn wir die Antwort auf das große „Warum“ nicht wussten, es musste doch einen Code geben, den wir knacken konnten, um unser Dasein anzunehmen. Wir haben es relativ schnell gefunden, es war der Code der Liebe. Liebe führte Regie und ich folgte ihr. Viel später las ich zwei wunderbare Bücher „Liebe ist die Lösung“ und „Entzaubert siehst du nur Liebe“[2]. Das war das, was mich durch die Jahre mit Jérôme trug und noch heute trägt, der Zauber der Liebe. Über die Liebe wurde oft geschrieben, aber so praktisch wie der Autor hier schreibt, selten. Die Liebe ist einfach und bedingungslos. Die Liebe ist nicht behindert.

Mit Liebe durften wir unsere Rollen auf der Bühne unseres Lebens einnehmen und sehen, wie sich das Stück entwickelte. Besonders am Anfang hätte ich hin und wieder diese Rolle austauschen mögen aber innerlich wusste ich, es war nicht möglich. Aber nun, wie sollte es weitergehen? Plötzlich begriff ich, dass nicht das, WAS man tut relevant ist, sondern WIE man es tut. Dann wurde ich bei meiner Arbeit beflügelt und alles ging mir leichter von der Hand und ich tat es mit Hingabe. Diese Verantwortung, die wir trugen, war rund um die Uhr in den Einsatz zu bringen. Ich glaube heute, dass dies ein Problem für mich war. Diese hundertprozentige Präsenz war für eine junge Frau, wie ich es damals war, einfach zu viel. Nicht versagen, der kleine Soldat sein und immer weiter marschieren. Dank dieses Umdenkens und dem Code der Liebe, nahm ich die Existenz dessen, was war und ist, anders, nämlich spielerischer und vollkommen normal. Und siehe da, das Leben meinte es sehr gut mit uns und ich wertschätzte mein Leben mit allem Für und Wider.

[2] Bücher von Werner Ablass

Dank Jérôme habe ich meine eigene Wesensart kennen gelernt. Dieser Weg der Veränderung hat mich transformiert und mir beinahe ein neues Leben geschenkt. Ich ließ als allererstes die Fesseln negativer Glaubensysteme fallen. Vorher lebte ich voller Klischees und Erwartungen und ein Leben mit einem Behinderten hatte ich nie in Erwägung gezogen. Jérôme machte mir diesbezüglich kein Geschenk zum sofortigen Auspacken. Er hat mir gezeigt, was nicht funktioniert und mir eine wertvolle Chance zur Heilung und zum Frieden gegeben. Dank ihm entstand bei mir eine fortlaufende Inspiration. Ich war fähig, das Nötige vom Unnötigen zu unterscheiden, war klarer in meiner Arbeit und indem ich manches durchschaute, konnte ich mich leichter von so genannten Problemen lösen. Noch heute zeigt er mir schonungslos, wo ich stehe. Er ist hartnäckig und stur in dieser Beziehung. Ein Lachen oder Lächeln von ihm wärmt mein Herz und es genügt. Das ist Dankbarkeit pur.

Ganz am Anfang nagten noch Schuldgefühle an mir. Meinem Mann, meiner Familie und, wenn man schon dabei ist, dem ganzen Kosmos gegenüber. Ich suchte bei mir mehr als einmal. Zu viele Gedanken, zu viele Fragen. Seltsamerweise führte diese Suche ins Leere. Intuitiv wusste ich das. Dank der schwierigen Umstände begegnete ich vielen Menschen, die mich inspirierten und mir Mut gaben. Ich lernte viele Methoden, viele einzigartige Wege kennen. Schritt für Schritt ließ ich mich in das Unbekannte fallen, auch wenn durch mein Naturell die Tendenz da war, festzuhalten. Ich fühlte mich nie wirklich „allein“ in dieser Situation und sah die Sonne scheinen öfter als andere dachten. Astrologisch gesehen war es mir klar, dass ich ein Pionier in diesem Denken war. Dank Jérôme hatte ich die Chance, endlich meinen schöpferischen Geist zu nutzen. Dann kam das so genannte Geschenk. Das Wohlgefühl, das sich im ganzen Körper ausbreitet, wenn man etwas geschafft hat. Und je mehr Übungen kamen, desto dankbarer und vertrauensvoll wurde ich. Heute übe ich nicht mehr, denn im Endeffekt bedarf es dessen nicht mehr. Einfach annehmen, was ist und spontan kommen die richtigen Emotionen, die gelebt sein wollen. Das war eine Erkenntnis! Diese Emotionen wollten gelebt und nicht verdrängt werden! Wie ein Gewitter am Himmel, es geht vorbei! Oder man genießt kurzfristig den Sonnenuntergang. Ich hatte gedacht, dass man das Leben perfekt machen könnte. Was für eine närrische Idee. Das Leben ist schon perfekt, so wie es ist.

Diese Lebensaufgabe hat mich kreativ gemacht. Mit dem Anderssein von Jérôme bin ich gewachsen und habe mein eigenes Anderssein entdeckt. Viele Rucksäcke habe ich unterwegs abgelegt und bin leichter über den Pfad des Lebens gegangen. „Non, je ne regrette rien“, wie das Lied von Edith Piaf sagt. Heute weiß ich, dass unser Leben nicht anders sein kann und dafür bin ich unendlich dankbar.

Danksagung

An alle Therapeuten, Heiler und Helfer, die uns begleitet haben, möchte ich meine Dankbarkeit und tiefste Anerkennung aussprechen.

Ganz besonders danke ich den Einrichtungen und ihren Mitarbeitern, die Jérôme nicht nur gute Dienste leisten, sondern auch herzlich für sein Wohlbefinden sorgen.

Einen besonderen Dank:

meiner Freundin Irmgard, die mich immer ermuntert hat, dieses Buch zu schreiben - deine Unterstützung ist unermesslich,
Heidy für deine gute und kompetente Begleitung von Jérômes Gesundheit,
Barbara, die mit ihrem Lektorat geholfen hat - deine Anregungen waren sehr wertvoll, Magdi für die Umschlaggestaltung mit den wunderbaren Seelen- und Wesensbildern.

Dank meiner Familie und meinen Freunden, die uns in allen leichten und schweren Tagen gut getan haben, sei es mit Gesten oder mit Worten; insbesondere Lisa, unserer Freundin der ersten Stunden, die Jérôme sehr liebt. Auch Anne meiner Schwägerin sei für ihre Anregungen gedankt.

Gert, meinem geliebten Mann und wundervollen Vater unseres Kindes; deine Fürsorge und Unterstützung erlauben, dieses Abenteuer mit Mut und Vertrauen zu leben. Ich liebe dich.

Und nicht zuletzt danke ich allen Müttern und Vätern behinderter Kinder und den Selbstbetroffenen. Ohne sie wäre die Welt ärmer.

Über die Autorin:

Elisabeth Minuth
1951 in Frankreich geboren

Nach dem Abitur Studium der spanischen Sprache und später Ausbildung zur Fremdsprachensekretärin. Im Jahr 1974 machte sie ein Praktikum in Frankfurt/M., wo sie ihren Mann kennen lernte. Heirat 1976 in Frankfurt/Main. Umzug 1978 nach Stuttgart, wo Jérôme geboren wurde. Im Laufe der Jahre folgten Umzüge nach Freiburg und Mössingen. Bis 1981 Sekretärin bei verschiedenen Firmen. Nach der Geburt von Jérôme freie Übersetzerin in Industrie und Handel. Nach weiteren Ausbildungen ist sie seit 1990 Astrologin und seit 2007 psychologische Beraterin. Neben Einzelberatungen hält sie Vorträge und gibt Seminare.
Heute lebt sie mit ihrer Familie in Süddeutschland im Raum Freiburg.

Für weitere Informationen:
Internet: www.elisabeth-minuth.de
E-mail: info@elisabeth-minuth.de

Umschlagsgestaltung:
Seelen- und Wesensbild von Jérôme erstellt von Magdi Schadt
Internet: www.wesensbild.de
E-mail: info@magdisign.de